I0660296

MARGUERITE

D'ALBY.

8196

38702

y²

IMPRIMERIE DE SÉTIER.

MARGUERITE

D'ALBY,

PAR Mme DE ***.

gercy

PARIS,

Chez {

DELAUNAY, Libraire, Palais - Royal,
deuxième Galerie de Bois, N.° 243 ;
SÉTIER, Imprimeur-Libraire, rue du
Cimetière-St.-André-des-Arts, N.° 7.

1821.

MARGUERITE D'ALBY.

LETTRE Ire.

Marguerite d'Alby à Madame de Saint Géran.

Nous sommes arrivés heureusement dans la terre de Marcel, ma chère Octavie; vous savez combien ma santé est faible ; aussi j'ai beaucoup souffert pendant mon voyage, et j'ai été forcée de rester dans mon lit pendant plusieurs jours ; c'est ce qui m'a empêchée de remplir plutôt l'engagement que j'ai pris avec

vous de vous rendre compte de mon
voyage et de vous peindre le séjour
que je dois habiter toute ma vie.
Oui, ma chère Octavie, je ne vous
le cacherai pas plus longtemps ; je
ne reviendrai plus à Paris. Si je vous
ai fait un mystère de ma résolution,
n'en accusez pas mon cœur, et n'allez
pas croire que je manque de confiance en vous ; j'ai voulu nous épar-
gner à toutes deux de trop pénibles
adieux, et sans doute votre amitié
pour moi vous aurait suggéré mille
raisons pour me retenir près de
vous ; malgré ma juste aversion
pour le monde, vous l'auriez peut-
être emporté sur mes résolutions.
Quoique bien jeune encore, j'ai
éprouvé de si grands malheurs que
je ne suis heureuse et tranquille
que dans la solitude ; d'ailleurs je

pourrai donner tous mes soins à
l'éducation de ma fille , rien ne
m'en distraira ; et n'est-ce pas la
plus douce et la plus importante
occupation de ma vie?

Ici je suis vraiment selon mon
goût ; n'ayant aucune fortune à espérer , n'existant que par les bienfaits de ma sœur , ma position dans
le monde me semblait trop pénible
à supporter plus longtemps ; j'ai demandé à venir habiter cette terre ,
et M. de Léon a engagé sa femme à
m'y accompagner. Ma sœur Cécile ,
vous le savez, mariée fort jeune à un
homme qui pourrait être son père,
a eu constamment pour lui les plus
grands égards et la plus vive tendresse ; sa conduite a toujours été
irréprochable ; elle rend heureux
tout ce qui l'entoure , et voyant que
ce voyage plairait à son mari , elle

n'a opposé nulle difficulté à venir
habiter Marcel.

M. de Léon attend le fils aîné qu'il
a eu de son premier mariage ; on
dit qu'ayant été assez grièvement
blessé, il a obtenu un congé du
Ministre de la guerre pour achever
ici sa guérison. Ma sœur, n'ayant
point eu d'enfant, a réuni sur Anatole de Léon toute sa tendresse ; elle
a une grande impatience de le voir ;
elle en parle sans cesse, et s'occupe
à arranger des parties de plaisir pour
le distraire aussitôt qu'il sera en état
d'en jouir.

Ce château est magnifique, ma
sœur le trouve un peu gothique ; les
appartemens lui paraissent si vastes
qu'elle prétend qu'on y gèle au mois
de mai. Quoique je ne sois pas encore sortie de ma chambre, je dé-
couvre de ma croisée une vue si ra-

vissante qu'il me semble que ce lieu
ne m'était pas inconnu ; j'y pense à
ma mère sans ce déchirement de
cœur qui m'était si pénible ; c'est
ici qu'elle a été heureuse ; cependant ma santé est bien loin d'être
bonne ; ma faiblesse est toujours
excessive ; je n'en suis pas effrayée :
pourquoi craindrais-je la mort ? ma
fille serait protégée, aimée par ma
sœur, et la mort seule peut-être me
ferait connaître ce calme, cet oubli
de tous mes maux que je ne puis
espérer de goûter dans ce monde.
Malgré moi je retombe dans mes
tristes pensées ; j'en suis si accablée
que j'aime mieux terminer ma lettre.
Écrivez-moi, ma chère Octavie, et
n'oubliez pas que votre amitié est
nécessaire à mon bonheur.

LETTRE II.

Anatole de Léon à Raimond de Volmar.

C'est par une espèce de miracle que tu as encore un ami, mon cher Raimond ; j'ai été grièvement blessé au siège de Sarragosse ; atteint d'un coup de feu dans l'épaule, renversé de cheval, je n'ai dû la vie qu'aux soins de mon hussard Christophe ; il m'a emporté du milieu de la mêlée, et m'a remis entre les mains du chirurgien-major qui, attaché à mon père depuis longues années, a veillé sur moi avec une sollicitude vraiment paternelle. A peine ai-je eu repris un peu de force, qu'il m'a

envoyé aux eaux de Baréges ; et là
j'ai reçu la permission du Ministre
de me rendre dans ma famille pour
y passer le temps de ma convales-
cence : Son Excellence a joint à cette
permission un brevet de chef d'es-
cadron ; je me suis aperçu que ce
nouveau grade flattait l'amour-propre de mon père, et qu'il n'a pas peu
contribué à me ménager une bonne
réception.

Je suis parti de Baréges en litière
avec Christophe ; tu sens que j'ai
trop d'obligation à ce brave garçon
pour m'en séparer. Vois - tu ton
ami couché dans cette voiture mar-
chant à pas comptés, et ne trouves-
tu pas que c'est une jolie manière de voyager pour un officier
de hussards ; aussi vingt fois par
jour me prenait-il des envies de

laisser au milieu du grand chemin tout cet attirail de malade, et j'enrageais ensuite en me sentant retenu par ma maudite faiblesse qui ne me permettait de remuer ni bras ni jambes.

Enfin tout en m'impatientant, tout en riant des histoires que Christophe préparait pour donner une haute idée de sa bravoure, nous sommes arrivés chez mon père. A la vue des grands arbres de l'avenue, j'ai senti mon cœur battre de plaisir; c'est ici que j'ai passé les premières années de ma vie ; c'est ici que ma mère et son amie madame de Saint Alphonse, ont prodigué à mon enfance des soins si tendres et si attentifs ; exilé de ces lieux depuis dix-huit ans par la révolution ; j'y revenais , mais seul ;

je n'y devais plus retrouver ma
mère, ni son amie, toutes deux ont
cessé de vivre ; une autre l'a rem-
placée, et malgré sa tendresse pour
moi, peut-elle me faire oublier ma
mère ? Mon cœur était oppressé ;
cependant en descendant de voiture
et en me retrouvant dans les bras
de mon père, cette impression de
douleur a été effacée ; je suis entré
en triomphe dans le salon ; on m'a
traité en héros blessé. Ma belle-mère,
après m'avoir attentivement re-
gardé, m'a assuré avec sa douce voix
que j'étais encore un fort joli garçon,
malgré ma maigreur. Quant à moi, je
l'ai retrouvée aussi charmante, aussi
bonne que lors de mon départ. On
me soigne depuis mon arrivée, au
point de me faire craindre d'être
étouffé de caresses.

Notre famille s'est augmentée dans mon absence de la sœur de ma belle-mère ; elle est veuve et n'a que vingt-deux ans ; mariée à quinze ans en Angleterre, elle a perdu madame de Saint Alphonse, sa mère, peu de temps avant son retour en France ; on la dit belle comme un ange ; mais depuis ses malheurs elle est devenue d'une telle sauvagerie qu'elle ne veut voir personne ; elle passe sa vie à pleurer son mari qu'elle aimait, dit-on, passionnément. Je ne l'ai pas encore vue, et je t'avoue que j'en meurs d'envie ; elle est fille de la meilleure amie de ma mère, de cette belle et intéressante madame de Saint Alphonse dont tu as beaucoup entendu parler à mon père ; j'attends avec impatience qu'elle veuille m'accorder.

la permission de la voir. Il faut que
je te fasse connaître le fond de mes
pensées ; je trouve qu'il est bien
étonnant qu'à vingt-deux ans madame d'Alby fuie le monde avec autant d'opiniâtreté ; cette résolution
inébranlable ne me paraît pas naturelle, et je crains qu'il n'y ait
un peu d'affectation. J'ai beaucoup
parlé d'elle à ma belle-mère qui m'a
dit que ni ses prières, ni le chagrin
qu'elle lui témoignait n'avait pu
l'engager à la suivre dans le monde ;
elle veut vivre isolée, dit-elle, livrée à ses souvenirs, et ne s'occuper
que des objets de son éternel amour.
Ne penses-tu pas, mon cher Raimond, que c'est par trop sentimental? Veuve depuis six ans, il y
en a trois qu'elle a perdu sa mère ;
son âme est sans doute très-sen-

sible, mais sa douleur me semble
exagérée ; et cependant c'est peut-
être cette exaltation de sentimens
qui me touche et m'attendrit ; à
mon âge, ayant toujours vécu loin
du monde, n'ayant jamais rien
aimé, j'ai besoin de m'attacher, et
je sens que....... Mais Raimond,
de quelle rêverie vais-je t'entretenir?
D'ailleurs, voilà Christophe, plus
sévère qu'un chirurgien-major, qui
m'ôte mon encre et mes plumes, et
qui me crie de manière à m'étourdir:
Mon commandant, vous vous fatiguez
trop; vous verrez qu'il vous arrivera
malheur. Il faut finir, Raimond ;
tâche donc d'obtenir un congé ;
viens me voir; ma blessure va bien,
et nous pourrons chasser.

LETTRE III.

Marguerite à Octavie.

Ma santé est si mauvaise, ma
chère Octavie, que je n'ai pas eu la
force de descendre depuis mon arrivée dans ce château; ma bonne
sœur vient souvent me tenir com-
pagnie, et c'est la seule personne
que j'aie vue depuis trois semaines :
je suis si abattue, si faible, que je
puis à peine faire quelques pas dans
mon appartement; les jeux et la
gaîté de Charlotte me sont même
importuns, et je l'envoie le plus
souvent que je puis chez Cécile; ce
matin j'ai voulu lui donner une

leçon de musique, et j'ai été très-
surprise de la trouver plus avancée
que la dernière fois que nous avons
travaillé ensemble; elle joue un petit
air assez couramment : Eh! mon
Dieu, Charlotte, lui ai-je dit, qui
vous a donné des leçons? Ce n'est
pas votre tante; je pense qu'elle ne
s'occupe guère de musique. — Non,
maman, ce n'est pas elle non plus,
m'a répondu la chère petite; mais
c'est mon ami Anatole ; il m'a
montré aussi à faire des yeux; figu-
rez-vous, chère maman, qu'il a un
uniforme très-beau, un sabre, des
moustaches ; d'abord j'en ai eu
peur; mais il est si bon pour moi!
il m'a donné tant de joujous, que
je l'aime beaucoup à présent ; tous
les jours il ne manque jamais de me
demander de vos nouvelles, et il a

l'air triste lorsque je lui dis que
vous êtes malade. Ce que cette
enfant me disait m'a émue ; je ne
suis donc pas tout-à-fait oubliée.
Il m'a semblé que c'était une espèce d'ingratitude de me refuser à
voir les amis de ma sœur; et M. de
Léon n'aurait-il pas le droit de
penser qu'il est bien mal à moi de
ne l'avoir pas félicité sur l'arrivée
et le rétablissement de son fils? Le
malheur nous rendrait-il égoïstes ?
Uniquement occupée de mes chagrins, je me surprends souvent à
ne voir qu'avec indifférence, ou du
moins sans intérêt, la peine ou le
plaisir des autres. Ah! mon amie, je
veux vaincre cette antipathie qui me
retient loin du monde; vous m'en
avez souvent fait des reproches,
Cécile s'en plaint, et aussitôt que

j'en aurai la force, vous n'aurez plus
rien à me reprocher.......; je des-
cendrai demain. Ne faut-il pas que
je remercie M. de Léon des soins
et des leçons qu'il a donnés à Charlotte? Elle ne parle que de lui; et
cette enfant, qui ne voulait jamais
me quitter, passe la plus grande
partie du temps à se promener et
à jouer avec lui. J'attends avec impatience une lettre de vous; je crains
que vous ne soyez fâchée contre moi;
il me semble que je le mérite; peut-
être ai-je eu tort de vous cacher mes
résolutions; si cela est, pardonnez-
moi, mon amie; votre amitié est
trop nécessaire à mon bonheur; je
tremble d'avoir couru le risque de
la perdre : hâtez-vous de me rassurer.

LETTRE IV.

Octavie de Saint Géran à Marguerite d'Alby.

Vous avez manqué de confiance en moi, ma chère Marguerite; vous saviez, à n'en pouvoir douter, que je désapprouvais entièrement votre projet de retraite. Ce ne sont pas mes adieux que vous avez craints, ce sont mes reproches : connaissant la fermeté de mon caractère et mon amitié pour vous, vous deviez être sûre que si j'avais été persuadée que le parti que vous preniez pouvait vous rendre heureuse, loin de vous en détourner, j'aurais été la pre-

mière à vous le conseiller; mais j'ai
trop bien étudié votre caractère
pendant les trois années que nous
avons passées ensemble, pour n'être
pas convaincue que le genre de vie
que vous avez adopté est le plus
dangereux pour vous. Je me suis
aperçue que vous renfermiez au
fond de votre cœur une douleur
que vous ne vouliez pas avouer.
Livrée à vous-même dans la solitude, vous allez plus que jamais
vous abandonner à des regrets, à
des souvenirs déchirans ; votre
santé, déjà très-faible, le deviendra
encore davantage. Ne me dites plus
que la mort serait pour vous un
grand bien; il est des situations
qui nous défendent de la desirer.
N'avez-vous point une fille ? Qui
l'aimera jamais comme sa mère?

Voulez-vous la priver si jeune de
vos soins, de votre tendresse? Chère
petite Charlotte, joins-toi à moi
pour supplier ta mère de se conserver, et répète-lui souvent que
son existence ne lui appartient pas,
et qu'elle ne peut t'enlever le plus
grand bien qui te reste sur la terre.

Ma bien chère Marguerite, tâchez
de vous distraire; ne fuyez pas le
monde; ne restez pas toujours seule
dans votre appartement; voyez souvent votre sœur, qui a pour vous
une affection si tendre, et à qui
votre tristesse donne tant de chagrin. Comment, avec un cœur
sensible, n'êtes-vous pas touchée
d'être aimée par tout ce qui vous
environne? Faites au moins quelques sacrifices pour vos amis. Je
ne puis ni ne veux vous cacher la

vérité ; mais vous deviendrez coupable, si vous continuez à desirer la mort et à vous laisser abattre par le chagrin. Pardonnez-moi la sévérité avec laquelle je vous parle ; je vous aime trop sincèrement pour ne pas m'opposer à des résolutions qui causeront votre perte et celle de votre fille. Je sais que, dans ce moment, vous ne reviendrez pas à Paris ; mais si votre sœur quitte la campagne au commencement de l'hiver, promettez-moi que vous ne la laisserez pas revenir seule ; si vous me refusiez, j'aurais, bien malgré moi, quelque peine à croire à votre amitié.

LETTRE V.

Madame de Norville à Sir Charles Westbury.

Voilà des siècles que je n'ai reçu de vos nouvelles, mon cher frère ; et je pense que vous n'aurez aucune excuse à faire valoir pour vous justifier. C'est d'autant plus mal à vous que dans votre dernière lettre, qui a presque un an de date, vous me dites que vous êtes fort malheureux ; je vous ai écrit plusieurs fois, mais toujours inutilement ; enfin, malgré les justes raisons que vous me donnez de garder le silence, et malgré le peu de prix que vous mettez à sa-

voir ce que je deviens, je ne puis
cependant me taire plus longtemps.
Vous êtes malheureux, et votre sœur,
votre Louisa, en ignore la cause.
Avez-vous donc oublié que j'ai été
votre première confidente ? Allons,
puisque vous ne voulez me rien dire,
je vais tâcher de deviner.

On m'a dit que vous n'habitiez
plus vos terres, et que, depuis quatre ans, vous n'aviez pas voulu vous
rapprocher de votre femme. Pauvre
Julia ! elle vous aimait pourtant bien
tendrement ; après avoir si ardem-
ment desiré sa possession, ne la re-
gardez-vous donc plus que comme
un obstacle à votre bonheur ? si c'est
l'amour qui cause votre chagrin, je
ne puis vous plaindre ; ne méritez-
vous pas une petite correction pour
tout le mal que vous avez fait à no-

tre sexe ? je desire presque que vous
ayez trouvé une femme qui nous
venge. Ce qui me fait douter de ma
sagacité à deviner au juste la situation de votre âme, c'est qu'il me
paraît impossible que l'on puisse
résister à cet esprit si persuasif, si
insinuant qui m'est si bien connu;
il faudrait n'avoir point d'âme, ou
bien il faudrait aimer ailleurs ; car
on ne peut vous connaître et se
croire aimée sans s'attacher à vous
avec passion. Voilà du moins ce que
m'ont assuré toutes celles qui vous
ont aimé; je ne parle que d'après
elles ; et n'allez pas croire que je
veuille par mes éloges augmenter
votre extrême vanité ; à quoi cela
vous servirait-il? doué de toutes les
qualités qui pourraient vous rendre
heureux, vous n'avez jusqu'à pré-

sent réussi qu'à les faire servir à
vous tourmenter ainsi que ceux
qui vous environnent, car vous
n'avez jamais aimé une femme sans
éprouver, avec le desir de l'attendrir, le besoin de la tromper. Non,
Charles, je ne dois pas vous plaindre si votre douleur n'a d'autre cause que l'amour; mon frère,
ayez confiance en moi, et malgré
tous les sermons que je vous pré-
pare, vous savez bien que je vous
aime tendrement, et que si ma raison me force à vous condamner,
mon cœur vous absoudra toujours.

Je mène une bien triste vie, M.
de Norville est toujours malade, et
nous allons décidément nous fixer
dans notre terre; je n'aime pas trop
la campagne; cependant je ne re-
doute pas d'habiter Norville; nous

avons beaucoup de voisins et entre
autres la famille de Léon ; ils sont
aimables, et, leur fortune étant considérable , ce sera pour moi une
maison agréable , où je me propose d'aller souvent ; car , malgré
les soins et la tendresse de M. de
Norville , mon caractère est trop vif
et trop gai pour que la solitude ait
de grands charmes à mes yeux, et je
crains beaucoup l'ennui. Ce n'est
qu'à vous , mon frère , que j'ose
parler ainsi ; si mon mari savait
ma façon de penser , il en serait
très-blessé. Adieu, mon cher Charles,
ma lettre est assez longue pour me
faire craindre que vous n'ayez pas
la patience de la lire jusqu'au bout.
Ecrivez-moi ; n'abandonnez pas votre sœur comme vous l'avez fait depuis quelque temps, et croyez à
toute son affection.   2.

LETTRE VI.

Anatole de Léon à Raimond de Volmar.

Depuis mon arrivée dans ce château, je ne t'ai écrit qu'une fois ;
ne m'en veux pas, mon cher Raimond. Que te dirai-je ? la vie que
nous menons est si dépourvue d'a-
grément que je préfère garder le silence. Cependant depuis quelques
jours nous avons une de nos voi-
sines qui est jolie et aimable ; aussi
la campagne me paraît-elle moins
ennuyeuse ; nous nous promenons
beaucoup, et le soir nous faisons un
peu de musique. Je n'ai pas encore

aperçu madame d'Alby, elle est,
dit-on, toujours malade, et madame
de Léon est seule admise auprès
d'elle ; elle nous envoie sa fille qui
est la plus charmante enfant que
l'on puisse voir ; je joue avec elle, et
j'ai même commencé à lui montrer à
barbouiller des yeux et des oreilles.
Te le dirai-je, ce n'est pas pour
Charlotte seule que je me donne
tant de soins ; je veux forcer cette
enfant à parler de moi à sa mère et
lui donner le desir de me voir ;
il me semble que l'indifférence
qu'elle montre pour toute société
est une insulte pour moi, mon
amour-propre est profondément
blessé, je sais que c'est une injustice ; mais que veux-tu ? tout est
contradiction dans le cœur humain.
Tantôt je desire passionnément con-

naître cette femme dont j'ai tant entendu parler depuis mon enfance ;
le moment d'après je tremble d'être
séduit par sa beauté et par ses grâ-
ces que l'on dit irrésistibles ; je ne
veux pas devenir amoureux, Raimond, je me défie de mon cœur ;
je sens trop bien qu'une passion
fixerait ma destinée, et ma liberté
m'est trop précieuse pour courir le
risque de la perdre. Je crois, d'après
cela, que je dois être charmé de n'a-
voir pas vu madame d'Alby.

Je suis mieux, ma blessure est
tout à fait cicatrisée ; cependant je
suis encore faible, je crains bien de
ne pouvoir rejoindre mon régiment
avant le printemps prochain ; ce qui
me contrarie. D'ici à peu de temps,
si tu ne peux t'absenter, j'espère bien
aller te retrouver ; sais-tu qu'il y a

un an que nous sommes séparés ?
l'amour le plus ardent ne résiste-
rait pas à une absence aussi longue;
mais le temps ne peut affaiblir l'a-
mitié que nous avons l'un pour
l'autre depuis l'enfance.

LETTRE VII.

*Raimond de Volmar à Anatole
de Léon.*

Je n'ai pas répondu à ta première
lettre , mon cher Anatole , parce
que j'étais absent lorsqu'elle est arrivée ; j'avais alors le projet d'aller
te joindre à la campagne , mais cela
est impossible dans ce moment; je
ne puis m'éloigner , ma mère est
malade ; j'ai encore mille raisons

qu'il serait trop long de te détailler,
et dont je t'entretiendrai lorsque je
te verrai. Maintenant je reçois ta
seconde lettre, et je ne garderai pas
le silence plus longtemps.

Je vois, mon ami, que tu vas
devenir amoureux; dans le fait,
comment résister à l'ennui qui doit
t'accabler dans cette triste campagne? il te faut un passe-temps, et
je n'en vois pas de plus attrayant que
l'amour. Mais, je t'en supplie, ne
t'avise pas d'être amoureux comme
si tu n'avais que vingt ans, et ne fais
pas d'une plaisanterie une affaire
sérieuse. Il est bien singulier que,
livré si jeune à toi-même, tu n'aies
pas fait quelques bonnes folies; si
parfois je t'ai entraîné, cela n'a été
que pour bien peu de temps, et
presqu'aussitôt ta raison prenait le

dessus, et tu me forçais presque
de rougir de mes erreurs et de mes
fautes....... de mes fautes ! ai-je
dit ; oui, le mot est lâché ; parlons
raison, et dis-moi si, avec toute ta
sagesse, tu as été plus heureux que
moi ; tu me répondras que non ,
j'en suis sûr. Si cela est, je ne t'envie plus rien ; et je ne changerais pas
mon sort contre le tien.

Ma mère me parle souvent de toi,
elle t'aime comme si tu étais son
fils , et te propose sans cesse pour
exemple ; elle me charge de te féli-
citer sur ta nouvelle dignité. Per-
mettez-moi, mon commandant, de
vous offrir aussi l'expression de mon
profond respect. Cher Anatole , tu
mérites de toute manière ton avan-
cement, et tu es bien sûr de tout le
plaisir que cette nouvelle m'a fait
éprouver.

Ne viens pas à Paris dans ce moment, si tu ne comptes faire ce
voyage que pour me voir, car je
vais partir pour Baréges avec ma
mère ; écris-moi le plus souvent
que tu pourras ; dis-moi si c'est de
l'aimable voisine ou de madame
d'Alby que tu te proposes de devenir amoureux, un confident doit
être fixé sur un objet aussi impor-
tant, et je suis presque honteux de
n'avoir rien deviné. A ta place, j'aimerais mieux la voisine ; une femme
mariée engage moins ; on est d'ailleurs sûr de ne sacrifier que la moi-
tié de sa liberté , tandis qu'une
veuve . . . . la sœur de sa belle-
mère . . . . diable ! cela tire à
conséquence ; au reste , c'est à toi
à faire tes réflexions, et à moi à en
attendre le résultat.

Adieu, cher Anatole, voici une

assez longue lettre ; tu ne te plain-
dras pas de moi ; il y a au moins
un mois que je n'ai autant écrit.

LETTRE VIII.

Marguerite à Octavie.

Je suivrai vos avis , mon amie ,
vous m'avez bien affligée en ayant
l'air de douter de mon amitié pour
vous , et en m'accusant presque
d'égoïsme. Je ne fais que me rendre
justice en fuyant le monde. Qu'y
ferais-je, dans le fait, avec un cœur
flétri par la douleur et une imagination décolorée? Pourrais-je écouter une conversation , y prendre
intérêt , répondre à propos , sou-

2*

rire à des indifférens ? Votre amie
n'est plus faite que pour la solitude,
elle seule me plait, elle seule m'at-
tire, et je ne sais plus aimer que mes
amis.

Ce matin, me sentant un peu
mieux, j'ai voulu surprendre Cécile;
j'ignorais qu'il y eût du monde chez
elle, et je suis entrée dans la salle à
manger au moment où l'on allait
déjeûner. Ma sœur, en me voyant,
a poussé un cri de plaisir et de surprise; pour Charlotte, que je tenais
par la main, elle m'a quittée et a
été se jeter dans les bras d'un jeune
homme que M. de Léon m'a présenté comme son fils. Je me suis
placée près de ma sœur, et le peu
d'habitude que j'ai de voir du monde,
la faiblesse que j'éprouvais ne m'ont
pas permis de dire un seul mot,

j'étais entièrement déconcertée; peu
à peu cependant je suis revenue
à moi-même; Charlotte, par ses en-
fantines espiégleries, m'a fait sourire plusieurs fois, et enfin j'ai pu
examiner toutes les personnes qui
m'entouraient. Près de moi était
placé Anatole de Léon; l'expression
de ses yeux annonce la bonté, peut-
être un peu trop de finesse et d'iro-
nie; au reste, je ne le juge pas, car
à peine l'ai-je examiné. Vis-à-vis de
moi était madame de Norville; elle
est très-belle, mais elle ressemble
tellement à quelqu'un qui m'est
odieux, que lorsque mes yeux se
sont fixés sur elle, et qu'elle m'a
adressé la parole en anglais, le son de
sa voix m'a rendue immobile; j'ai
senti que j'allais m'évanouir, et involontairement j'ai posé ma main
sur le bras d'Anatole. Emmenez-

moi d'ici, ai-je dit tout bas à Cécile
qui s'empressait autour de moi, je
ne puis y rester davantage; je suis
si faible, je reviendrai demain, si
vous voulez.... Je me suis levée; mais
sans le bras de M. de Léon je n'aurais pu faire un pas, et je suis re-
montée dans ma chambre, bien
confuse d'avoir aussi peu d'empire
sur moi, et de ne pouvoir pas dissimuler les impressions que je reçois. Vous conviendrez que mon
entrée dans le monde n'a pas été
brillante; cependant j'ai promis à
ma sœur, à vous, de vaincre ma
timidité, et je tiendrai mes promesses, afin de vous prouver que
je ne me laisse pas rebuter par les
difficultés, et surtout qu'il n'y a
pas de sacrifice que je ne sois prête
à faire à ceux que j'aime.

LETTRE IX.

Anatole à Raimond.

J'avais raison, mon ami, de desirer la présence de madame d'Alby;
je l'ai vue tout à l'heure, jamais rien
de si touchant, de si beau, n'avait
frappé mes regards, jamais, même
dans les rêves de mon imagination;
une figure aussi enchanteresse ne
s'était présentée à ma pensée; ce n'est
pas que l'on ne puisse trouver une
beauté plus parfaite que la sienne;
mais il est impossible d'y joindre
plus de grâce, de douceur, et de
cette expression que nuls termes
ne peuvent rendre; je ne l'ai vue

qu'un instant, et déjà mon cœur
en est uniquement occupé. Mais
laisse-moi te raconter tout ce qui
m'est arrivé ce matin.

Je commençais, comme je te l'ai
écrit, à m'ennuyer un peu; habitué
à mener une vie très-active, la paisible tranquillité qui règne dans ce
château me paraissait monotone.
Cependant nous voyons du monde;
à trois lieues de Marcel habitent
M. de Norville et sa femme; et depuis huit jours mon père les avait
invités à rester quelque temps chez
lui. Madame de Norville a vingt-cinq
ans; elle est jolie, vive, je la crois
un peu coquette; elle me plaisait,
et le besoin d'occupation me rendait assez empressé auprès d'elle.
Madame de Léon était triste depuis
quelques jours; je lui en avais de-

mandé la raison, et elle m'avoua
alors qu'elle était inquiète de la
santé de sa sœur ; qu'elle craignait
que la solitude où elle s'obstinait à
vivre ne détruisît chaque jour ses
forces, et elle pensait avec peine
que rien ne pouvait la déterminer
à goûter quelques distractions, car
elle ne voulait voir que sa sœur et
sa fille. La petite Charlotte est sans
doute un joli enfant, ajoutait-elle ;
mais sa conversation ne peut suffire
pour distraire Marguerite et lui faire
oublier ses chagrins. La tristesse de
ma belle - mère me tourmentait ;
j'accusais madame d'Alby d'obsti-
nation, et de vouloir se singulariser
par une affectation romanesque ;
quand, hier matin, au moment où
nous étions tous rassemblés pour
déjeûner, la porte s'ouvre, et je

vois paraître celle dont je m'occu-
pais sans la connaître : je restai immobile : mon père me présenta à
elle, ses yeux se fixèrent sur moi un
instant, elle s'inclina et s'assit en
silence. Elle paraissait oppressée ;
en levant les yeux, elle aperçut madame de Norville, qui dans ce moment lui adressa la parole en anglais ; elle pâlit, et posa sa main sur
mon bras ; sa tête se renversa en
arrière ; ma belle-mère s'approcha
d'elle vivement : emmenez-moi d'ici,
dit-elle bien bas. Ah ! Raimond,
quand je la vis s'éloigner, je sentis
que mon cœur la suivait, et que
l'impression que je venais de recevoir était ineffaçable. Ce n'est pas
la beauté de madame d'Alby qui
m'a le plus touché, c'est cette expression de douceur et de tristesse

qui règne sur son visage et dans tout
son maintien. Je sens encore la
pression de sa main sur mon bras ;
il ma semblé , dans ce moment,
qu'elle réclamait ma protection , et
que j'étais destiné à lui faire oublier
ses chagrins. Je vois maintenant que
je n'avais jamais aimé , jamais je
n'ai été aussi vivement ému. Ah !
combien j'avais tort de craindre de
m'engager ! Depuis que je l'ai vue,
depuis que je l'aime , tout est en-
chantement pour moi ; son nom
même prononcé par hasard me fait
éprouver un plaisir indéfinissable ;
je crois toujours l'entendre , je crois
voir ses beaux yeux se tourner vers
moi. Ne me demande pas, Raimond,
ce que je veux , ce que j'espère ; je
l'ignore ; je n'ose arrêter ma pensée
sur l'avenir : n'est-ce pas déjà tout de

vivre près d'elle, et crois-tu qu'elle
puisse rester insensible? qu'elle ne
soit pas touchée de mon amour?
Ah! si tu la connaissais, tu ne dou-
terais pas de sa sensibilité; elle se
peint dans chacun de ses mouvemens. Je crois bien que ma lettre
doit te paraître extravagante, je m'attends à tes plaisanteries; cependant
ce ne serait pas généreux, puisque
je t'avoue franchement ma dé-
faite. Ne crains pas surtout que
mon amour puisse jamais altérer
la tendre amitié qui nous unit depuis notre enfance.

Adieu, mon ami.

LETTRE X.

Raimond à Anatole.

Non, mon ami, je ne ris pas; je ne me sens même nulle envie de te plaisanter; je trouve ta lettre si raisonnable, qu'elle me donnerait presque le desir de l'imiter, c'est-à-dire, de devenir aussi amoureux, si je trouvais une femme telle que celle que tu me dépeins; je tremble seulement qu'une passion si subite ne soit pas d'une longue durée.... Tu n'as jamais aimé, dis-tu; mais comment appelleras-tu les sentimens que tu as éprouvés en Italie, en Allemagne? et tu m'écrivais alors

qu'ils étaient insurmontables, que
tu aimais pour toujours, etc., etc.,
et huit jours après il n'en était plus
question. Ecoute, Anatole, ne t'em-
porte pas; je trouve très-bien que
tu sois amoureux, mais ce n'est pas
pour la première fois , et je ne puis
m'empêcher de rire de te voir persuadé que tu n'as jamais aimé que
madame d'Alby; il ne manque à ta
lettre que la promesse d'une constance éternelle, et je l'attends, sans
oser y compter. Je sais que madame
d'Alby peut faire exception , j'ai
beaucoup entendu parler d'elle; on
vantait sa beauté, ses talens, mais
on trouvait extraordinaire qu'elle
ne voulût voir personne; on pré-
tendait qu'elle ne persisterait pas
à vivre dans la retraite: on l'avait
mal jugée; elle a résisté à tous les

genres de persécutions ; peu à peu
on l'a oubliée et on n'en parle plus
du tout ; il t'appartient sans doute
de la rendre au monde qu'elle em-
bellira , et avec le caractère romanesque que je lui suppose , elle ne
peut s'attacher à quelqu'un qui lui
convienne mieux que toi : où trou-
verait-elle un cœur plus aimant
uni à tant d'honneur et de délicatesse ?

Il est possible que j'aille passer
quelque temps avec toi ; mais je ne
puis partir avant la fin d'août ; ainsi,
encore deux mois sans nous revoir :
en attendant, écris-moi bien exactement, et ne me laisse rien ignorer ; tu sais que personne ne prend
plus d'intérêt que ton ami à tout
ce qui te regarde.

LETTRE XI.

Marguerite à Octavie.

Ma santé devient meilleure de jour en jour, ma chère Octavie ; je sais que c'est la plus agréable nouvelle que je puisse vous donner ; aussi je commence par-là. Vous aviez raison, j'avais besoin de me distraire, de faire un peu d'exercice ; l'air pur que l'on respire ici, et les soins qui me sont prodigués par ma sœur, me donnent une nouvelle existence. Jusqu'à présent nous voyons peu de monde ; seulement M. et madame de Norville. Au premier abord elle m'avait désagréa-

blement frappée; mais je commence
à m'habituer au son de sa voix;
quoiqu'il me fût impossible de l'aimer, je supporte sa présence sans
en être trop péniblement affectée.
Grondez-moi, ma chère amie, de
cette ridicule susceptibilité; je sens
que je mérite que vous me fassiez
bien des reproches; il y a des instans dans la journée où je voudrais
recommencer à mener une vie retirée, mais la crainte d'affliger ma
sœur me retient; je cherche à vaincre
ma timidité; je suis si gauche, si
embarrassée, que vingt fois par jour
je me sens sur le point de me laisser
abattre tout à fait par le découra-
gement. M. Anatole de Léon passe
la plus grande partie de son temps
avec nous; il me serait assez difficile
de vous dire ce que je pense de lui;

mais si j'avais un frère, je crois que
je voudrais qu'il lui ressemblât. Il
paraît aimer son père et sa belle-
mère avec la plus vive tendresse,
et il joue avec Charlotte des heures
entières sans en paraître ennuyé; ce
dont je lui sais gré. Ce jeune homme
a souvent l'air pensif : ne serait-il pas
heureux? Aimé de toute sa famille,
riche, aimable, pourrait-il ne pas
l'être? Sans doute j'ai mal vu; cependant je ne suis pas la seule qui pense
ainsi; Cécile paraît inquiète de sa
mélancolie, et m'en a parlé plusieurs fois; craignant qu'il ne
s'ennuie ici, elle se propose de
donner un bal : ce sera pour moi
le signal de la retraite, au moins
pendant quelque jours. Ce matin
on en parlait; Anatole était tombé
dans ses rêveries ordinaires, et ma

sœur lui demandant si ce projet lui plaisait : « Pourquoi, a-t-il répondu, « augmenter notre petite société ? « nous sommes si bien. » En disant cela, ses regards se sont fixés sur madame de Norville ; elle a rougi : l'aimerait-il ? Je le plaindrais ; il me semble qu'il doit être affreux d'aimer sans pouvoir espérer de retour...... Je suis restée seule après le dîner dans le salon de musique ; tout en rêvant, je me suis approchée du piano, et mes doigts erraient sur les touches ; je pensais à ma mère, et peu à peu j'ai senti mes larmes couler, non pas avec amertume ; mais je me voyais seule, et le temps où j'étais près d'elle si heureuse se représentant à ma pensée, j'ai chanté la romance qu'elle préférait ; un soupir poussé près de moi m'a

3

rappelé brusquement à moi-même ;
j'étais dans le ciel auprès d'elle , il
fallait revenir sur terre ; j'ai tourné
la tête , et j'ai vu Anatole ; j'ai fait
un mouvement pour me lever, il
m'a retenue. « Me priverez-vous sitôt
« du bonheur que je viens de goûter
« en vous écoutant , me dit-il. —
« J'aime passionnément la musique,
« lui dis-je , et j'oublie facilement les
« heures ; voici , je crois, le moment
« de rejoindre ma sœur. — Combien
« je m'en veux de vous avoir déran-
« gée ! Par mon indiscrétion, je viens
« de me priver d'un grand plaisir.
« Mais, ajouta-t-il , en me regardant
« avec une expression qu'il me serait
« bien difficile de vous rendre, je ne
« pense pas cependant que la mu-
« sique fût votre seule occupation. »
Dans ce moment Charlotte est entrée,

et, me voyant les yeux rougis par les
larmes, elle s'est jetée à mon col,
en me demandant qui m'avait affligée. Anatole s'approcha : « N'est-ce
« donc pas là une consolation, dit-il;
« ah ! madame, quand on est aimé
« de tout ce qui nous entoure, on ne
« peut être véritablement malheu-
« reux. » Sa voix était émue en prononçant ces mots; je lui ai tendu la
main, et, en le regardant, je trouvai
sur son visage une expression de
sensibilité qui m'a attendrie. Je le
repète, je voudrais avoir un frère
comme lui; et, s'il est malheureux,
me serait-il défendu de chercher à
le consoler? Adieu, Octavie, pourquoi n'êtes-vous pas auprès de moi?
il me semble que je n'aurais plus
rien à desirer.

LETTRE XII.

William à Madame de Norville.

Madame ,

Votre lettre pour mon maître est arrivée très-heureusement ; mais je ne puis la lui faire passer, puisque j'ignore quel lieu il habite dans ce moment. Il a quitté l'Angleterre il y a six mois , et je présume qu'il est en Italie. Depuis quelques années Milord est bien changé , il ne voit personne, et son caractère n'est plus reconnaissable. Il m'a ordonné, en partant, de garder ses lettres , et nous l'attendons de jour en jour.

Aussitôt que je recevrai de ses nouvelles, j'aurai l'honneur de vous les
transmettre à l'instant.

Agréez, je vous prie, madame,
l'expression du profond respect avec
lequel je suis,

Votre très-humble serviteur,

LETTRE XIII.

Marguerite à Octavie.

Je vous ai écrit il y a deux jours,
mon Octavie, et j'ai encore mille
choses à vous dire. Je vois que j'ai
trop compté sur mon courage, car
notre séparation me devient chaque
jour plus difficile à supporter : j'ai

besoin de vous voir, de vous parler ;
je sens une agitation qui ne m'est
point ordinaire, tout ce qui m'entoure me paraît changé ; le matin,
en m'éveillant, il me tarde de voir
terminer la journée, et le soir je
forme les mêmes vœux pour arriver
au lendemain ; d'où me vient donc
cette inquiétude ? Plus je réfléchis,
moins je puis me rendre compte
de ce que j'éprouve. N'allez pas
croire, mon amie, que je suis triste
ou tourmentée par de nouveaux
chagrins ; oh ! non, bien loin de
là, tout ce qui m'entoure m'accable
de prévenances et de soins ; ma
sœur ne me quitte pas, son mari a
pour moi la tendresse d'un père,
et Anatole...... j'ai tort de vous
parler de lui, car c'est la seule personne de la maison qui cherche

toutes les occasions de fuir ma présence ; il craint peut-être que je ne
lise trop bien dans son cœur ; si je
lui adresse la parole, à peine me
répond-il, et depuis le jour où nous
nous sommes rencontrés dans le
salon de musique, sa mélancolie
me paraît encore augmentée ; si je
ne m'étais pas tant hâtée de le
quitter, peut-être m'aurait-il ou-
vert son cœur. Sans avoir jamais
éprouvé de passion, j'en ai vu de
si tristes et de si funestes effets,
que personne, peut-être mieux que
moi, ne peut donner à son ami, à
un frère, de salutaires conseils :
Anatole ne sera jamais un étranger
pour moi : ma mère ne le regardait-
elle pas comme son fils ? et si les
malheurs de ma destinée ont rompu
les liens qui devaient nous attacher

l'un à l'autre, n'est-il pas encore de
mon devoir de guider son cœur, et
de l'empêcher de s'attacher à une
femme qui le rendra malheureux
par la légèreté de son caractère?
Madame de Norville est belle, séduisante, peut-être trop, je le
crains..... mais elle est mariée !
Anatole voudrait-il avilir celle qu'il
aime, en la faisant manquer aux
devoirs les plus sacrés? Non, non,
Octavie, je réponds de son cœur,
je réponds de sa délicatesse..... En
vérité, je ne sais pourquoi je me
laisse entraîner à vous détailler
toutes ces idées. Je ne puis m'attacher à demi; en voyant Anatole, il m'a rappelé ma mère et
toutes les premières et douces impressions de ma jeunesse; il a été
associé, pour ainsi dire, à mon

avenir ; sans l'avoir vu , nous en
parlions sans cesse ; et lorsqu'un
affreux , un irréparable malheur est
venu me frapper , seulement alors
il s'est éloigné de mon souvenir.
Maintenant mon sort est fixé , et
je dois retrouver mon frère. Si ma
malheureuse mère existait encore ,
je ne regretterais plus rien , et mes
anciennes mes cruelles douleurs seraient peut-être oubliées pour toujours. Charlotte est charmante , la
tendresse maternelle ne m'aveugle
pas ; elle apprend avec une facilité
extrême , elle est caressante , aimable , prévenante pour tout le
monde , surtout pour Anatole, elle
me quitte même pour lui , et je
n'en suis pas jalouse : il a tant de
bontés pour elle ! Vous ne la recon-
naîtrez pas au commencement de

l'hiver, lorsque je vous la rame-
nerai : vous la trouverez grandie et
engraissée ; ce n'est plus du tout
cette enfant dont la faible santé nous
inquiétait tant. Adieu, chère Octavie, voici une bien longue lettre ;
mais j'ai besoin de vous laisser lire
dans mon cœur, et surtout de vous
répéter souvent que ma tendresse
pour vous est inaltérable.

LETTRE XIV.

Octavie à Marguerite.

Je suis charmée, chère Marguerite, que votre amie vous devienne
nécessaire, surtout que vous re-
connaissiez vos torts, et que vous
consentiez à revenir à Paris au com-

mencement de l'hiver prochain ;
vous ne parlez de ce projet qui
m'enchante qu'à la fin de votre
lettre, vous n'en dites même qu'un
mot ; mais je l'ai remarqué avec
un plaisir extrême. J'ai lu plusieurs
fois tout ce que vous me mandez,
je n'en ai pas perdu un mot, et
j'ai cherché à me rendre compte
de tous vos sentimens ; si je ne
craignais de vous exprimer le fond
de ma pensée, je vous dirais que
cette inquiétude vague, cette impatience d'arriver au lendemain, cette
sollicitde surtout qui me paraît si
vive pour le bonheur d'Anatole, tout
cela ne ressemble pas à l'amitié d'une
sœur pour son frère. Je ne vois pas
qu'il fût bien à craindre pour votre
bonheur de vous attacher à M. de
Léon ; j'ai trop bonne opinion de
ses principes pour n'être pas cer-

taine qu'il ne peut aimer madame
de Norville ; non, j'en suis sûre, après
vous avoir vue, il ne peut l'aimer,
et je voudrais pour lui n'avoir pas
plus de doute sur vos sentimens
que sur les siens. La sensibilité de
votre âme est si parfaite, que chez
vous l'amitié a presque le caractère
de l'amour; cependant, mon amie,
si vous tenez à conserver la tranquillité de votre cœur, ne vous laissez
pas trop toucher par la tristesse
d'Anatole ; rien ne dispose mieux
aux plus tendres sentimens que l'intérêt qu'on ne croit accorder qu'à
une passion malheureuse. Vous ne
m'en voudrez pas, je l'espère, de
mes observations ; je vous aime, et
je dois vous avertir du danger que
vous pourriez courir , si vous craignez de vous engager; vous êtes trop
jeune, trop aimante , trop aimable,

pour n'être que l'amie d'un homme
de l'âge d'Anatole, et tout ce que
vous me dites de lui me fait croire
que, s'il cherche à vous fuir, ce
n'est que parce qu'il sent à quel
danger il s'exposerait en vous voyant
avec plus d'assiduité ; il ne vous a
peut-être déjà que trop vue pour
son repos, et il craint de parler :
dans très-peu de temps, j'ose en
répondre, s'il ne s'éloigne, il ne sera
plus maître de vous dissimuler ce
que vous lui inspirez, et vous verrez
alors que, depuis qu'il vous connaît,
ce n'est pas de madame de Norville
qu'il a été le plus occupé.

Adieu, mon amie, j'embrasse
mille fois votre bonne et charmante
Charlotte, et je vous prie de me
croire, pour la vie, votre plus sincère amie,

LETTRE XV.

Marguerite à Octavie.

Vous pourriez croire, chère Octavie, que je puis aimer Anatole
autrement que comme un frère ;
j'ai bien compris votre lettre, malgré tous les ménagemens que votre
amitié a mis à m'éclairer. Quoi ! il
serait possible que j'aimasse *d'a-
mour...!* ce mot seul me fait fris-
sonner...... Vous vous trompez ;
plus je réfléchis, plus je me sens
convaincue que je ne puis aimer,
et surtout que je ne le dois pas ; si
vos suppositions se réalisaient, mon
sort serait affreux, je n'aurais d'au-

tre parti à prendre que d'aller cacher ma honte et ma douleur dans
une retraite inaccessible ; il faudrait
alors abandonner ma fille, paraître
ingrate aux yeux de ma sœur.... et si
Anatole m'aimait ! Aurais-je la force
de déchirer son cœur, et de nous
condamner à des tourmens qui ne
finiraient qu'avec notre vie. Votre
amitié vous fait prévoir un danger
qui n'existe pas pour moi ; laissez-
moi raisonner un moment avec
vous. Vous pensez que l'affection
que j'éprouve pour Anatole est plus
vive et plus tendre que je ne crois,
et pourquoi cela ? Je sais qu'il aime
une autre femme, tout me le dit :
sa tristesse, quand elle est absente,
sa gaîté, lorsqu'il est près d'elle, ses
regards, enfin mille choses aux-
quelles il est impossible de se trom-

per. Je le plains, cela est vrai; et il
serait si glorieux de le ramener à
la vertu, et de le faire renoncer à
un sentiment coupable! Croyez-
moi, tout ce qu'il peut m'inspirer
ne doit pas vous faire craindre pour
la tranquillité de mon cœur, l'amitié seule doit y régner, et votre amie
sera toujours digne de vous. Qu'il
me tarde d'arriver à cet hiver!
comme je vais vous gronder de
toutes vos folles idées! mais aussi
quel plaisir j'aurai à vous embrasser
après une absence de six mois! Je
ne suis pas contente de la santé de
Cécile, elle s'affecte à l'excès de l'a-
battement d'Anatole, vous voyez
bien que je ne suis pas la seule qui
en soit frappée; et serait-il mal de
partager l'inquiétude d'une mère
pour son fils? Adieu, méchante

amie, je suis fâchée de n'avoir pas
le temps aujourd'hui de vous faire
une longue querelle ; mais il est
déjà tard, et je veux que ma lettre
parte ; malgré vos mauvaises pensées, je vous aime de tout mon
cœur, et je vous aime bien tendrement.

LETTRE XVI.

Anatole à Raimond.

Mon ami, plus je vis avec elle,
plus je sens que je l'aimerai toute
ma vie. Ai-je pu aimer d'autre femme
que Marguerite? Ai-je pu profaner
le mot *amour* en le prononçant,
sans en connaître tout le charme,

toute l'étendue ? Je t'en veux de
m'avoir rappelé quelques folies de
jeunesse dont je me souviens à
peine, et si tu veux que je lise tes
lettres à l'avenir, ne me parle que
d'elle, et surtout n'aie jamais l'air
de douter de la passion que je ressens et qui ne peut s'éteindre ; la
certitude même de son indifférence
ne peut m'empêcher de l'aimer.
Jusqu'à présent à peine suis-je remarqué : uniquement occupée de
sa fille, elle passe la plus grande
partie de la journée renfermée chez
elle ; le soir nous faisons de la musique, et je ne puis t'exprimer le
plaisir que je goûte à l'entendre
chanter ; sa voix est si tendre, si
mélancolique, qu'il faudrait être
insensible pour l'écouter sans ravissement. Depuis quelques jours

sa santé me paraît meilleure, elle
n'est plus aussi pâle et sourit plus
souvent. Ah ! mon ami, quand je la
vois ainsi près de moi, j'ai peine à
dissimuler ce qui se passe au fond
de mon cœur. Pourquoi ne lui ferais-je pas connaître tout ce qu'elle
m'inspire; elle ne pourrait en être
offensée; l'amour que je ressens est
aussi pur qu'elle-même : n'est-elle
pas libre? ne le suis-je pas moi-
même? Je ne vois nul obstacle qui
puisse nous empêcher d'être unis.
Pourquoi dédaignerait-elle mon
amour? Non, non, Marguerite est
trop parfaite pour avoir un cœur
insensible; elle sera touchée de ma
tendresse, et un jour elle la parta-
gera. Je parlerai, il le faut; si elle
me repousse, si je vois qu'il ne me
reste aucun espoir de lui plaire, je

m'éloigne de ces lieux, et,... mais
où irai-je, puis-je maintenant l'oublier? Il fallait, Raimond, ne jamais
la voir, ne pas connaître sa bien-
faisance, le charme qu'elle répand
autour d'elle ; car, après l'avoir
connue, il faut l'aimer toute sa vie.
Adieu, mon ami.

LETTRE XVII.

Marguerite à Octavie.

Mon Octavie, pourquoi ne m'é-
crivez-vous pas? je suis inquiète de
votre silence, et d'autant plus que
c'est la première fois que vous restez
si long-temps sans me donner de
vos nouvelles, et que vous me devez

une réponse ; cependant je n'eus
jamais plus besoin de consolations.
Je vous ai dit, dans une de mes
lettres, que le calme de la campagne commençait à me rendre un
peu de tranquillité ; j'étais plus contente de ma santé; la société de ma
sœur, l'affection que me témoignait
M. de Léon, son fils que je m'ac-
coutumais à regarder comme un
frère, tout me faisait croire que je
pouvais encore me rattacher à la
vie par plus d'un lien. Mais cet espoir de bonheur n'a eu que la durée
d'un éclair, et je suis de nouveau
persécutée par le sort ; vous aviez
tout prévu, tout deviné, Dieu veuille
que vos prédictions ne s'étendent
pas jusqu'à moi ; lisez mon recit
avec attention.

Depuis quelques jours je restais

plus de temps dans le salon, on semblait m'y voir avec tant de plaisir, et,
je l'avoue, je m'y plaisais aussi ; mon
appartement me paraissait triste, je
desirais le moment de la réunion ;
la conversation vive et piquante,
quelquefois tendre, d'Anatole, me
forçait à sortir de la mélancolie qui
me poursuit ; je le croyais épris de
madame de Norville, la tristesse
dont il paraissait accablé m'inté-
ressait : il aime avec tant de tendresse son père et sa belle-mère,
que son âme doit être bien sensible,
et je le plaignais de nourrir un
amour sans espoir. Hier nous avions
passé toute la soirée en famille ; il
paraissait plus abattu qu'à l'ordinaire, et avant neuf heures il remonta chez lui ; la journée avait été
si chaude, que ne me sentant nul

besoin de dormir à onze heures, je
voulus profiter de la fraîcheur de
la soirée. J'étais seule, je descendis
sur la terrasse, et je m'appuyai
contre la balustrade qui borde la
rivière ; bientôt je m'abandonnai
sans contrainte à mes réflexions; le
sujet de la tristesse d'Anatole me
tourmentait, j'aurais voulu péné-
trer sa pensée et connaître la cause
de son chagrin, quand tout-à-coup
j'entendis marcher près de moi ; je
tressaillis, mais je fus bientôt rassurée ; c'était lui: — « Je crains, me
« dit-il, que l'humidité qui règne ici
« ne soit nuisible à votre santé. —
« Ah! je ne le crois pas, lui dis-je, la
« soirée est si belle que j'ai voulu en
« jouir; je ne savais qui s'avançait
« vers moi ; vous croyant couché
« depuis long-temps, vous m'avez

« presque effrayée; vous vous êtes
« retiré de bien bonne heure! —
« Et madame d'Alby a daigné s'en
« apercevoir! je puis donc espérer
« que ma présence ne lui est pas
« indifférente. — Parce que je suis
« timide et sauvage, me croyez-vous
« donc tout-à-fait insensible à l'ami-
« tié que l'on me témoigne, et pour-
« riez-vous croire que le fils de ma
« bonne sœur, de M. de Léon, qui
« m'a donné tant de preuves d'atta-
« chement , puisse jamais m'être
« étranger?—Je savais bien, s'écria-
« t-il, que vous ne pouvez être in-
« grate; mais si vous êtes sensible à
« l'attachement qu'il est impossible
« de ne pas vous accorder quand on
« vous connaît, que ferez-vous donc
« pour moi qui vous aime plus qu'il
« n'est permis de pouvoir l'expri-

« mer. » Effrayée de la vivacité qu'il
mit à prononcer ces mots, je retirai ma main qu'il avait saisie, et
je m'avançai vers le château avec
plus de promptitude. « J'en ai
« trop dit, continua-t-il en m'arrê-
« tant ; vous m'avez compris ; n'ob-
« tiendrai-je pas un mot de conso-
« lation, et ne plaindrez-vous pas
« au moins le malheureux Anatole.
« Ah ! Marguerite, ne puis-je espérer
« un peu de pitié ? Je vous aimais,
« même avant de savoir si le senti-
« ment que vous m'inspiriez était
« de l'amour ; je vous ai vue, pou-
« vais-je me défendre de vous ado-
« rer ? depuis deux mois que nous
« sommes ensemble, en voyant la
« profonde tristesse où vous êtes
« plongée, je n'ai pas osé vous faire
« connaître l'état de mon cœur ; ce

4

« soir, je n'ai pu me taire ; pouvez-
« vous être offensée de l'aveu que
« je viens de vous faire ? mon amour
« est aussi pur que votre âme ; mon
« père connaît mon attachement, il
« l'approuve...... Ah ! ciel ! qu'avez-
« vous fait ? m'écriai-je.... jamais,
« jamais je ne contracterai de nou-
« veaux liens ; je n'ai rien à vous
« dire, rien ; le bonheur n'est pas
« fait pour l'infortunée Marguerite ! »
En finissant ces mots, je m'élançai
dans le vestibule et je courus m'en-
fermer dans ma chambre.

Octavie, je n'ai pas épuisé encore
tous les genres de malheurs, un
seul me reste à éprouver, je n'ose
descendre au fond de mon cœur ; je
suis si troublée, je me sens si agi-
tée...... il m'aime !...... son père approuve cet attachement, nous pou-

vions être unis, et...., mon amie ;
vous aviez raison, je ne puis rester
ici ; il faut fuir !.... Mais où irai-je
maintenant ? que deviendrait ma
fille ? et d'ailleurs, puis-je me dissimuler que mon cœur est profondément touché ?.... Je n'ai pas la
force de continuer cette lettre......
Ecrivez - moi, et surtout plaignez
votre amie.

LETTRE XVIII.

Octavie à Marguerite.

Pourquoi vous plaindrais-je, ma
chère amie ? Pourquoi vous effrayer
d'éprouver un sentiment si naturel,
et qu'il est si doux de savoir partagé ? Vous aimez Anatole de Léon,

il vous aime , vous êtes libres tous
deux, pourquoi craindriez-vous de
vous donner à lui? Vous avez assez
pleuré votre premier époux; depuis
six ans vous êtes veuve, c'est assez
de constance ; n'allez pas, par une
exaltation romanesque , repousser
le bonheur qui vous attend dans
votre union avec Anatole. Par ce
mariage vous assurez le sort de votre
fille ; vous lui donnez un père qui
l'aimera, j'en suis sûre. Anatole est
aimable, je l'ai connu avant ses
voyages , et je sais qu'il a toujours
été depuis le modèle des jeunes gens
de son âge; il vous rendra heureuse,
et lui seul peut vous faire oublier
vos malheurs passés.

Si je ne vous ai pas écrit plutôt,
c'est parce que j'ai eu un de mes
enfans malade, et vous savez que je

ne me repose sur personne du soin
de soigner ces petits êtres ; c'est
près de son lit que je vous écris,
car je ne veux pas mettre le moindre
retard, puisque vous êtes inquiète
de moi. Mon enfant va mieux et
me charge de dire mille choses bien
tendres à sa bonne amie Charlotte.
Ma chère Marguerite, je n'ose vous
donner aucuns conseils ; cependant
il me semble que vous auriez tort
de désespérer ce pauvre Anatole, je
le plains bien plus que vous ; car,
s'il est tout naturel de vous aimer
quand on vit près de vous, il est
impossible de vous remplacer, si
vous n'êtes pas sensible aux sentimens que vous inspirez ; vous avez
d'ailleurs un tact si exquis des con-
venances , que, si je me trouvais
dans une position semblable à la

vôtre, ce serait de vous que je pren-
drais des leçons de prudence et de
délicatesse. Je me bornerai donc à
vous engager à réfléchir mûrement
avant de prendre une dernière résolution ; songez que vous allez prononcer sur le bonheur de votre existence future.

LETTRE XIX.

Anatole à Raimond.

Raimond, tout est fini, j'ai parlé ; madame d'Alby a repoussé
mon amour; elle m'a écouté avec
froideur et m'a défendu de songer
à m'unir à elle : Jamais, jamais,
a-t-elle dit, Marguerite ne formera

d'autres liens. Entièrement livrée
à ses souvenirs, elle ne veut rien
écouter. Eh bien, elle sera satisfaite,
je lui obéirai, jamais un mot d'a-
mour ne sortira de ma bouche ; je
ne suis pour elle qu'un être indifférent, je ne veux pas la forcer à me
haïr en la tourmentant. Je me tairai,
mais je ne puis la fuir, je ne puis
m'arracher des lieux qu'elle habite,
il faut que je la voie chaque jour ; si
elle l'exigeait, je m'éloignerais sans
doute, car je ne me sens pas la force
de lui désobéir. Mais crois-tu qu'elle
pousse la cruauté jusqu'à me défendre de la voir? c'est le seul plaisir
qui me reste ; elle ne peut vouloir
m'en priver. Je suis descendu ce
matin de bonne heure, elle était
déjà arrivée : elle a rougi en me
voyant, et pendant tout le déjeûner,

elle n'a pas daigné m'adresser une
seule parole, à peine même répon-
dait-elle aux questions les plus in-
différentes. Après le déjeûner, elle
s'est hâtée de rentrer chez elle, et a
prévenu sa sœur que, se sentant un
peu indisposée, elle dînerait dans
sa chambre et ne descendrait plus
de là journée. Peu de temps après
son départ, madame de Norville est
arrivée, il a fallu feindre une gaîté
que je n'éprouvais pas ; il a fallu
parler, me promener, rire même :
je suis excédé d'ennui et de fatigue.
Quelle différence de cette femme à
Marguerite! que sa coquetterie m'est
insupportable, et qu'il me tardait
de me trouver seul pour penser à
elle sans contrainte! J'ai commencé
vingt lettres, enfin je suis décidé à
lui en envoyer une dont je suis mé-

diocrement content ; j'attends sa
réponse....... On m'interrompt.....
lis , Raimond , les copies que je
t'envoie, et dis-moi si j'ai mérité
une semblable lettre.

BILLET D'ANATOLE A MARGUERITE.

« Vous avez reçu avec trop d'in-
« différence l'aveu de mes senti-
« mens , Madame , pour que je
« puisse me faire la moindre illu-
« sion sur les vôtres. Depuis deux
« jours vous fuyez même votre sœur ;
« sans doute vous craignez de me
« rencontrer près d'elle. Que vous
« connaissez mal votre pouvoir sur
« moi, dites un mot, et je m'éloigne
« de vous pour jamais : ce sera
« un cruel sacrifice ; mais, en pen-
« sant que j'ai suivi vos ordres,
« et que ma soumission à les exé-

4*

« cuter m'a fait trouver grâce à vos
« yeux, je me consolerai. Cependant
« ni le temps ni l'absence ne pour-
« ront jamais vous effacer de mon
« cœur : il est tout à vous jusqu'au
« tombeau. »

BILLET DE MARGUERITE A ANATOLE.

« J'ai attaché trop peu d'im-
« portance à l'aveu qui vous est
« échappé, Monsieur, pour qu'il
« ait pu entrer en rien dans le
« projet de retraite que ma santé
« seule m'a imposé. J'espère de-
« main rassurer ma bonne sœur,
« dont la tendresse pour moi s'a-
« larme trop aisément. Je ne vous
« prescris rien, Monsieur, parce
« que je ne me crois pas le droit de
« vous donner aucun ordre, et que
« je ne verrais pas sans chagrin la

« douleur que votre départ cause-
« rait à votre famille. Je ne puis ni
« ne dois écouter l'aveu d'aucune
« passion, parce que tout me dé-
« fend de la partager, et qu'une se-
« conde conversation, comme celle
« que je veux oublier, me forcerait
« à fuir la seule protection qui me
« reste sur la terre. »

Continuation de la lettre d'Anatole
à Raimond.

Eh bien, mon ami, suis-je assez
humilié? Elle peut être tranquille,
je ne la forcerai pas à quitter cette
maison. C'en est fait, je renonce à
elle. Quelle était ma folie, d'en-
chaîner ma liberté à mon âge! Quel
empire elle eût obtenu sur moi!
Hélas! pour elle j'aurais renoncé au
monde entier. Non, elle ne connaît

pas le prix de ce cœur qu'elle repousse, de ce cœur qui était à elle
sans partage. Elle s'en repentira
peut-être un jour, en me connaissant mieux.... Mais que m'importe!
je ne veux plus m'occuper d'elle!...
De qui donc te parlerai-je?..... Ah !
Raimond, que je suis malheureux !

LETTRE XX.

Le même au même.

On était venu m'interrompre ce
matin, et j'ai été obligé de te quitter
brusquement. Malgré sa résolution,
madame d'Alby a passé la soirée avec
nous; elle est arrivée au moment où
nous ne l'attendions plus ; elle s'est

assise près d'une petite table , et
pendant un moment elle a travaillé sans presque lever les yeux.
« Anatole n'est pas bien portant,
« dit tout-à-coup mon père; je crains
« qu'il ne s'ennuie , ma chère amie.
« Quand comptez - vous donner
« votre bal , a-t-il ajouté en regar-
« dant ma belle - mère ? — J'ai
« écrit mes lettres d'invitation , et
« ce sera pour samedi; j'étais sur
« le point d'y renoncer en voyant
« ma sœur malade ; mais puisque
« vous le desirez, tout ira son train.
« Vous y serez sans doute , chère
« Marguerite? — Ce n'est pas avec
« une robe de cette couleur que je
« puis paraître dans une réunion
« de plaisir , dit madame d'Alby,
« et vous savez, Cécile, combien il
« m'en coûterait de manquer au

« serment que j'ai fait de ne jamais
« quitter le deuil. » Il y eut un moment de silence. Madame de Norville s'écria tout-à-coup : « Je ne
« conçois pas comment on peut re-
« fuser d'aller au bal; le monde est
« une si charmante chose ! — Oui,
« pour vous, madame, lui répondit
« Marguerite ; mais quand, comme
« moi, on a perdu toutes les illu-
« sions , tout le bonheur de la vie ,
« on voit le monde dépouillé de
« tous ses attraits. — Mais au moins
« on peut s'y distraire, interrompit
« madame de Norville; et dans ce
« cas je ne le fuirais pas. — Cela est
« possible , dit négligemment Mar-
« guerite , mais nous ne pouvons
« penser de même; nos positions
« sont bien différentes , et il y a des
« chagrins que rien ne peut faire

« oublier. — Le croyez-vous, ma-
« dame, lui dis-je tout bas, et dans
« ce cas là, pourquoi me mettez-
« vous au désespoir ? — Desirez-
« vous que je paraisse à ce bal, dit-
« elle vivement ; et se reprenant
« aussitôt, croyez-vous que cela fera
« plaisir à ma sœur ? — Oui sans
« doute, lui dis-je. — Alors, j'irai,
« n'en doutez pas. » Pendant cette
courte conversation, tout le monde
était entré dans le salon de musique ; j'étais ravi du peu de mots
qu'elle venait de prononcer, et plus
encore de l'expression qu'elle y
avait mise ; elle daignait me consulter. Tout le reste de la soirée se
passa très-gaiement. Plus d'une fois
j'ai surpris ses yeux fixés sur moi
pendant que je m'entretenais avec
madame de Norville ; elle avait l'air

de m'observer et de vouloir péné-
trer ma pensée. Ah ! que ne peut-
elle lire dans mon cœur ; elle verrait qu'il n'est rempli que de son
image ;...... non, non, je ne dois
pas espérer ; répète-le moi sans
cesse ; mais......: Adieu , Raimond !

LETTRE XXI.

Marguerite à Octavie.

Je me suis abusée, mon amie ;
M. de Léon n'a pas d'amour pour
moi ; je devrais en être satisfaite ;
car , dans ma position , je ne pouvais le desirer , et cependant je ne
puis penser, sans ressentir un profond chagrin, qu'il m'a trompée ,
que tout ce qu'il m'a dit n'était

qu'un badinage, et seulement pour
essayer de me rendre sensible et se
jouer ensuite de ma simplicité. Il
ne faut plus croire à rien !.... Il m'a
trompée !.....

Vaincue par les prières de ma
sœur, peut-être aussi par celles
d'Anatole, j'ai consenti à paraître
au bal qu'on a donné hier ici. Je
suis entrée dans le salon vers les
dix heures, et je me suis assise à
l'écart pour n'être pas trop remar-
quée. J'étais étourdie de la quan-
tité de monde qui circulait autour
de moi. Madame de Norville est
arrivée éclatante de parure et de
beauté; Anatole ne l'a plus quittée.
Je conçois qu'elle doive fixer tous
les regards ; mais devait-il m'oublier ? Je me tenais à l'écart et presque dans l'obscurité; malgré moi je

suivais chacun de ses mouvemens,
ils peignaient la joie et le bonheur.
Il a constamment dansé, et, dans le
cours de la soirée, à peine m'a-t-il
adressé la parole deux ou trois fois.
Il a raison, ne lui ai-je pas dit de
m'oublier ? Ne lui ai-je pas dit que
je ne pouvais répondre à sa tendresse, et que tout nous séparait ?
Mais, hélas ! pourquoi m'a-t-il si
promptement obéi ? Il fallait qu'il
m'aimât bien faiblement. Je pense
que ce n'est que par désœuvrement
et légèreté qu'il rend des soins à
madame de Norville ; je ne puis
croire, je vous l'ai dit, qu'il veuille
séduire une femme mariée ; il me
serait affreux d'être forcée de ne
plus l'estimer.

Fatiguée de toutes les impressions
douloureuses qui oppressaient mon

cœur, à une heure du matin j'ai
fui dans mon appartement; je me
suis approchée du berceau de ma
fille, et, penchée vers elle en con-
templant son doux sommeil et sa
paisible innocence, j'ai senti mon
agitation se calmer; mais je ne puis
plus goûter aucun repos. Pourquoi
n'ai-je pas eu la force de repousser
loin de mon cœur le sentiment qui
voulait s'en emparer? Pourquoi ne
puis-je maintenant l'étouffer, et
écarter l'image trop séduisante d'un
bonheur qui n'est pas fait pour moi?
Hélas! mon amie, j'aime Anatole,
je ne puis plus me le dissimuler;
mais il ignorera toujours le sentiment vif et profond qu'il a su m'inspirer: il faut me taire, et affecter
une indifférence que je n'ai jamais
éprouvée pour lui.

Votre lettre m'a affligée ; il y a
des choses que vous blamez dans
ma conduite , sans connaître les
motifs qui me font agir. Je ne puis
vous dire tous mes malheurs; mais
soyez persuadée , mon amie , que
la retraite et l'obscurité étaient tout
ce qui me convenait. Pour vous
plaire ainsi qu'à ma sœur, j'ai re-
cherché le monde : je suis cruellement punie de ma faiblesse. Maintenant il faut souffrir; ne devrais-je
pas y être accoutumée ? depuis mon
enfance je n'ai connu que le malheur !.....

LETTRE XXII.

Anatole à Raimond.

Je devrais être le plus heureux
des hommes, mon ami ; mais un
voile funèbre semble s'étendre sur
toute ma destinée. Marguerite
m'aime, mais elle ne veut, elle ne
peut, dit-elle, être à moi. Un obstacle invincible nous sépare ; et
depuis le moment où elle m'a fait
l'aveu de sa tendresse, je ne l'ai
pas même aperçue ; elle ne sort plus
de son appartement. Elle m'aime,
et elle me fuit ! Elle m'aime, et elle
exige que je l'oublie, comme s'il
m'était possible d'effacer de mon

cœur ce moment où ses yeux se
sont fixés sur moi avec une tendresse
si expressive! où elle m'a laissé lire
tout ce qui se passait dans son âme!
Ne m'a-t-elle retiré de l'abîme du
désespoir que pour m'y replonger
de nouveau ?

Hier matin, ne pouvant calmer
l'agitation qui brûlait mon sang, je
suis sorti de très-bonne heure. En
entrant dans le petit bois qui borde
la maison, j'ai aperçu madame
d'Alby ; elle se promenait seule ;
j'ai volé au-devant d'elle!......
je l'ai trouvée pâle et abattue.
Pendant un moment nous nous
promenâmes en silence. Voyant
qu'elle reprenait le chemin du château, je saisis sa main et je la suppliai de m'accorder une minute
d'entretien. « Qu'avez-vous à me

« dire, me dit-elle, en me regar-
« dant fixement et avec sévérité?
« Voulez-vous encore me parler
« d'un sentiment que je ne dois pas
« entendre?....—Eh! pourquoi, ma-
« dame? qu'ai-je fait pour mériter
« un pareil accueil? je vous aime
« uniquement, je n'ai jamais aimé
« que vous.; il y a de la cruauté à
« me repousser ainsi ; je puis vous
« être indifférent; mais devez-vous
« me désespérer en refusant de
« m'entendre, en me traitant avec
« une froideur qui m'accable de
« douleur?—Vous m'aimez, dites-
« vous, Anatole; mais quel est donc
« le sentiment que vous ressentez
« pour madame de Norville? N'ai-
« je pas été témoin cette nuit des
« attentions que vous aviez pour
« elle? vous ne l'avez pas quittée

« une seule minute; j'étais oubliée
« alors, et maintenant vous voulez
« me persuad`r que vous n'aimez
« que moi ! Vous vous jouez sans
« pitié de ma sensibilité ; car si,
« séduite par la tendresse de vos
« expressions, je comptais sur leur
« sincérité, si je vous aimais enfin,
« quel serait mon sort ?....... — Si
« vous m'aimiez, Marguerite ; ah !
« grand Dieu ! si vous m'aimiez.....
« Par grace, ne me laissez pas con-
« cevoir une espérance qu'il fau-
« drait perdre ensuite !..... Que
« m'importe madame de Norville !
« Forcé par les ordres de ma mère
« de m'occuper d'elle, au milieu de
« ce bal, je n'ai vu que vous ; et au
« moment où vous l'avez quitté, je
« suis rentré dans mon apparte-
« ment. Mais, Marguerite, vous

« pourriez m'aimer!..... — Et quand
« cela serait, dit-elle ; en cachant
« son visage dans ses mains, nous
« n'en serions pas moins séparés
« pour toujours. — Et vous pouvez
« croire que cette seule assurance
« ne me rendrait pas le plus heu-
« reux des hommes ? Au nom du
« ciel, parlez-moi, m'écriai-je, en
« me prosternant à ses genoux. »
Dans ce moment elle laissa retomber ses mains qui couvraient son
visage, et ses yeux se fixèrent sur
moi avec tendresse. — « Il n'est que
« trop vrai, Anatole ; pourquoi
« m'arrachez-vous cet aveu ? je vous
« aime.. .. mais....... — Pas de mais,
« dis-je, en l'interrompant. Mon
« adorée Marguerite, laissez-moi
« instruire mon père de mon bon-
« heur...... — Cela est impossible,

5

« s'écria-t-elle, je vous aime, et ce-
« pendant je ne puis être à vous.
« Anatole, j'ai confiance dans la
« délicatesse de vos sentimens, je
« vous ouvrirai mon cœur, vous y
« lirez tous les secrets de ma vie,
« vous connaîtrez la triste histoire
« de mes malheurs. Oh ! ma mère,
« pardonne, dit-elle en pleurant
« amèrement, s'il m'arrache au-
« jourd'hui un secret que je t'ai
« juré de cacher toute ma vie ; je n'ai
« plus la force de me taire. Anatole,
« dans huit jours vous saurez tout,
« vous me jugerez alors ; songez seu-
« lement que je ne puis plus exister
« si vous me privez de votre estime,
« qu'elle est encore plus nécessaire
« à mon bonheur que votre amour
« qu'il m'a été impossible de ne
« pas partager. Oubliez Marguerite,

« soyez heureux sans elle! » En finissant ces mots, elle me quitta.
Je restai immobile à la même place,
l'accent déchirant avec lequel elle
avait prononcé ces derniers mots
retentissait encore à mes oreilles. Je
voulus m'élancer après elle, je ne
pus la retrouver, et je courus m'en-
fermer chez moi, heureux et cependant désespéré de ce que je venais
d'entendre. Que faut-il croire? quel
est ce secret qu'elle cache, qu'elle
a juré à sa mère de ne jamais dé-
voiler? Je ne sais à quelle idée m'arrêter; maintenant qu'elle m'aime,
qu'elle me l'a dit, croit-elle que je
puisse renoncer à elle? Je sais qu'elle
n'a pas de fortune, que m'importe,
n'en ai-je pas plus qu'il n'en faut
pour être heureux, et peut-elle
douter que je ne la partage avec elle

avec ravissement ? Peut-être elle
craint que sa fille ne me soit pas
assez chère ; ah ! si cette femme angélique lisait dans le fond de mon
cœur, elle verrait que ce qui lui est
cher ne saurait m'être indifférent.
Mon cher Raimond, depuis hier je
suis dans une agitation telle, que,
si cette situation violente se pro-
longe , je crains de ne pouvoir la
supporter. Mon père , ma belle-
mère, sont affligés, inquiets de
mon état ; je ne puis leur rien
dire, ne me l'a-t-elle pas défendu?
Adieu ! dans quelques jours tu re-
cevras de mes nouvelles , quand je
saurai mon sort. Si elle m'enlève ma
dernière espérance, s'il faut renoncer à Marguerite pour toujours,
alors, Raimond, tu n'auras plus
d'ami.

LETTRE XXIII.

Lord Charles Westbury à Madame de Norville.

J'arrive à l'instant, ma chère sœur ; on me remet ta lettre. Pardonne-moi mon silence ; mais que puis-je te dire ? Je suis malheureux, à quoi servirait-il de t'affliger par le récit de mes chagrins ? Tu vois souvent madame de Léon... Dans peu de jours je serai près de toi : je ne puis rien te dire de plus......, j'ai voulu seulement te prévenir de mon arrivée. Quand nous nous verrons, nous pourrons causer. Adieu !

~~~~~~

LETTRE XXIV.

Anatole à Marguerite.

Vous m'aimez, vous me l'avez
dit; non, ce n'est pas une illusion;
vos douces paroles, cet aveu que
j'aurais acheté du sacrifice de ma
vie, résonnent encore à mes oreilles,
ils agitent, ils embrasent mon cœur.
J'ai reçu une nouvelle existence,
c'est à vous, ma Marguerite, que
je la dois, c'est à vous que je la
veux consacrer. Mon amour pourra-
t-il vous payer tant de bonheur?
tous les sentimens de mon cœur
étaient à vous lorsque je ne vous
demandais que la permission de
vous aimer, lorsque je n'osais es-

pérer en recevoir aussitôt la ré-
compense. Que puis-je, à présent
que vous m'accordez le plus tendre
retour ? Mes idées se troublent en
pensant à mon bonheur ; mon cœur
est trop plein et ne peut suffire aux
délices dont il est enivré. Marguerite
m'aime, Marguerite confond dans
le même amour son âme avec la
mienne. Que puis-je craindre ? un
mot de votre bouche calmerait tous
mes chagrins, ils ne peuvent m'at-
teindre ; et peut-être aussi ma tendresse, mes soins verseront-ils sur
vos douleurs un baume salutaire ; ils
écarteront tous les obstacles, tous
les scrupules qui peuvent vous alar-
mer. Non , Marguerite, vous ne
voudrez pas laisser incomplet votre
ouvrage ; je suis à vous , rien ne
pourra vous empêcher de partager

mon sort, le bonheur de ma vie est
entre vos mains, voudrez-vous vous
y refuser? Je ne vous parlerai pas
de celui que je m'efforcerais de répandre sur la vôtre, trop habituée
à vous oublier, vous ne vivez que
pour les autres. Ah! vivez pour être
aimée de votre Anatole, cédez aux
instances de votre sœur, de mon
père; assurez la félicité de son fils,
en comblant, par son union avec lui,
tous les vœux de votre famille. Pourquoi m'envoyer l'histoire de votre
vie, que puis-je y apprendre? vous
avez été malheureuse, vous avez souffert, on vous a persécutée, hé bien! je
le sais; pourriez-vous croire que rien
fût capable d'affaiblir mon affection
pour vous? eussiez-vous commis
quelques fautes, je les croirais invo-
lontaires. Ah! mon amie, vous n'en

avez jamais fait qui puissent vous
forcer à vous séparer de moi; tout est
amour dans mon cœur; le passé, quel
qu'il ait été, n'est rien, je ne pense
qu'à mon bonheur présent, à mon
espoir pour l'avenir. Je ne vois ma
Marguerite que telle qu'elle est,
telle qu'elle sera toujours. Votre
douceur, votre bonté, les charmes
de votre esprit et de votre cœur, sont
les plus sûrs garans de mon bonheur.
Chère Marguerite, je vous en conjure,
ne m'envoyez pas votre manuscrit, je
ne veux rien savoir; je craindrais de
découvrir les secrets que vous m'a-
vez laissé entrevoir, et qui vous font
verser tant de larmes. Je me sen-
tirais trop de haine pour vos per-
sécuteurs, et ces sentimens doivent-
ils trouver place dans un cœur tout
occupé d'un ange de bonté. Songez

5*

au malheur affreux qui m'accable-
rait s'il fallait renoncer à vous.
Quand on vous aime, Marguerite,
quand on est aimé de vous, est-il
possible de supporter une pareille
idée? elle me fait frémir, tout mon
sang se révolte, se glace; s'il fallait
vous perdre, la mort seule m'af-
franchirait de mes maux; quel affreux réveil, après un songe si plein
de charmes! Oh! non, ce n'est pas
possible ; mais voici deux grands
jours que je ne vous ai vue, que je
ne vous ai pas même aperçue; si
j'osais, je vous gronderais : pourquoi vous dérober à ma tendresse,
pourquoi?.. mais on entre chez moi;
Clotilde me remet votre manuscrit,
puis-je le refuser, c'est un ordre de
vous, ma main tremble en le rece-
vant. Qu'allez-vous m'apprendre?

Grand Dieu., qui voit la pureté de
mon cœur, protége-moi, donne-moi
la force de supporter la douleur de
Marguerite. Adieu, ma Marguerite,
ma bien aimée; qu'il me tarde d'entendre encore l'aveu de votre tendresse, de vous environner des soins
les plus tendres, de vous exprimer
à chaque instant du jour tout le
bonheur que je vous dois, de hâter
celui que j'espère, et de renouveler
à vos pieds le serment de vous aimer toujours.

———

~~~~~~

LETTRE XXV.

Marguerite à Anatole.

Vous m'avez arraché un aveu que je n'aurais jamais dû faire, Anatole; maintenant je ne puis plus vous cacher l'obstacle qui nous sépare. Quand vous avez si bien su vous rendre maître de tous mes sentimens, il faut bien vous faire connaître tous les replis de ce cœur qui n'a jamais cessé d'être déchiré par les plus cruels tourmens. Avant de commencer le récit de mes infortunes, laissez-moi vous répéter que je vous aime, que mon plus grand

bonheur eût été d'être à vous, et
que je ne sais si j'aurai la force de
supporter la vie, puisque je ne puis
la consacrer à votre bonheur. Vous
m'eussiez consolée de tout ; près de
vous j'eusse oublié mes premières
douleurs........ mais votre intérêt
même veut que nous vivions séparés. Oubliez-moi........ hélas ! et
c'est moi qui vous en supplie ; c'est
moi qui vous ordonne, au nom de
cet amour que nous ressentons si
bien tous deux, de me fuir et de me
laisser passer le reste de ma triste
existence loin de vous. Pourquoi
donc, grand Dieu ! nous sommes-
nous connus, puisqu'il fallait être
sitôt séparés ? Mais lisez mon manuscrit avec attention, vous jugerez
vous même ce que je dois faire, et
si nous pouvons nous revoir.

HISTOIRE DE MARGUERITE D'ALBY.

« M. de Saint Alphonse, à l'âge de
trente ans, était l'homme de la cour
le mieux fait et le plus aimable ; il
avait été marié fort jeune à une
femme plus âgée que lui. Veuf depuis deux ans, il n'avait conservé
qu'une fille de cette union mal as-
sortie, et qui l'avait rendu malheureux. Il fuyait toute espèce d'engagement lorsqu'il vit pour la première fois mademoiselle de La-
rancée ; elle était aussi belle que
spirituelle ; son père, en mourant,
l'avait laissée maîtresse d'une fortune considérable, et elle était re-
gardée comme le plus grand parti
de la cour. Jusqu'au moment où
elle vit M. de Saint Alphonse, son

cœur avait conservé la plus paisible
indifférence ; mais l'heure où elle
devait aimer venait de sonner, et elle
s'aperçut qu'elle n'était rien moins
qu'insensible. Cependant, ayant pris
la résolution d'habiter ses terres la
plus grande partie de l'année, elle
craignait de s'attacher à un homme
que ses devoirs et ses goûts re-
tinssent à la cour. Aussi voulut-elle
s'éloigner de M. de Saint Alphonse
qu'elle trouvait trop brillant, et
dont tous les goûts lui paraissaient
si peu en harmonie avec les siens.
Mais celui qu'elle voulait fuir l'avait
vue, et il était impossible de la
connaître sans s'attacher à elle. Ils
étaient libres tous deux, leurs for-
tunes étaient égales, il leur fallut
peu de temps pour s'entendre et
être d'accord; leur union fut promp-

tement décidée. Quelques jours
avant leur mariage , M. de Saint
Alphonse entra dans l'appartement
de sa fiancée ; il tenait par la main
une jolie petite fille de cinq à six
ans., et la posant sur ses genoux :
« Voilà ma fille, ma chère Eléonore,
lui dit-il, servez-lui de mère, depuis
bien long-temps elle a perdu la
sienne ; mais elle va la retrouver, si
vous voulez bien lui accorder vos
soins et votre tendresse. » Eléonore
l'embrassa tendrement , et promit
de l'aimer comme son enfant : elle
a tenu parole.

Peu de temps après leur mariage,
M. et madame de Saint Alphonse
quittèrent la cour et partirent pour
leur terre de Marcel en Touraine.
Heureux l'un par l'autre, ils voyaient
peu de monde, n'admettant dans

leur intimité que M. et madame de
Léon. Madame de Léon était l'amie
d'enfance de madame de Saint Alphonse : plus âgée qu'elle de cinq à
six ans, ayant un caractère excel-
lent, elle lui avait presque servi de
mère; leurs terres se touchaient, et
ils passaient la plus grande partie
de leur vie ensemble. Plusieurs années s'écoulèrent ainsi; la révolution
faisait des progrès effrayans, et MM.
de Léon et de Saint Alphonse se dis-
posaient à quitter la France ; mais
une chose retenait encore M. de
Saint Alphonse. Depuis son mariage
il avait en vain desiré des enfans ;
sa femme était enceinte, et dans
quel moment ses desirs venaient-ils
d'être exaucés! Fallait-il quitter son
Eléonore dans l'état où elle était?
Pouvait-il la laisser seule au milieu

des troubles? Dans cette incertitude,
le temps s'écoulait, et un matin il
fut arrêté; il n'eut que le temps de
presser sa femme contre son cœur,
et de lui recommander de ne pas
se laisser abattre par le désespoir;
il partit sur-le-champ pour Paris.
Madame de Saint Alphonse sentit
que le courage lui devenait plus nécessaire que jamais; elle fit appeler
une de ses femmes qui avait été
élevée avec elle, lui confia sa petite Cécile, et lui donna l'ordre
de la conduire chez madame de
Léon; elle lui remit en même temps
la plus grande partie de ses diamans
et une lettre ainsi conçue :

*Madame de Saint Alphonse à
Madame de Léon.*

« Ce que nous craignions est ar-

« rivé, mon amie; M. de Saint Al-
« phonse a été arrêté ce matin :
« fuyez, tous vos préparatifs sont
« terminés; car il ne faut plus s'a-
« veugler sur les projets de ces mi-
« sérables; c'est la mort qui nous
« attend. Vous qui connaissez mon
« caractère, vous savez que je ne la
« crains pas, et que je n'abandon-
« nerai pas celui que j'aime plus
« que ma vie. Je partagerai son sort,
« quel qu'il soit. Ne cherchez pas à
« me faire changer de résolution,
« elle est invariable. Je vais partir
« pour Paris; mais, avant mon dé-
« part, je vous confie ma chère
« Cécile; c'est, après mon époux,
« tout ce que j'ai de plus cher au
« monde; je suis sûre de son bon-
« heur, elle sera près de vous, vous
« la protégerez, et si nous nous re-

« trouvons un jour dans ce monde,
« elle me remerciera de l'appui que
« je lui aurai donné. Ce que Clo-
« tilde vous remettra, vous servira
« à la mettre au-dessus du besoin.
« Parlez-lui souvent de son père,
« de moi, et n'oubliez pas votre
« Eléonore. »

M. et madame de Léon répon-
dirent à leur amie ; ils tentèrent,
mais en vain, de la décider à les
suivre : voyant que rien ne pouvait
changer sa résolution, ils partirent
pour la Suisse la nuit suivante. Madame de Saint Alphonse, rassurée
sur le sort de l'enfant qu'elle aimait
si tendrement, se disposa à suivre
son mari ; elle rassembla tous ses
gens, les paya, et ne retint auprès
d'elle que Clotilde, qui ne voulut
jamais la quitter. En arrivant à

Paris, elle apprit que M. de Saint
Alphonse était prisonnier à l'Abbaye. Elle ne savait comment par-
venir jusqu'à lui, lorsqu'un matin
sa porte s'ouvrit avec violence, et
plusieurs hommes, d'une figure hi-
deuse et sinistre, se précipitèrent
dans sa chambre : « N'es-tu pas la
« citoyenne Saint Alphonse ? lui dit
« l'un d'eux. — Oui, que me voulez-
« vous ? — Nous savons que tu as
« fait partir ta fille pour les pays
« étrangers avec toute ta fortune,
« tu as conspiré contre l'Etat; suis-
« nous. » Madame de Saint Alphonse
se leva, et, s'enveloppant dans son
voile, elle s'avança vers la porte.
Clotilde, se précipitant aux genoux
de ces hommes, les suppliait de
l'emmener avec sa maîtresse; ce fut
en vain, ils la repoussèrent dure-

ment, firent monter leur prison-
nière dans une voiture de place, et
donnèrent l'ordre de la conduire à
l'Abbaye. C'était tout ce qu'elle de-
sirait. En arrivant dans la prison,
elle se fit mener dans la chambre
de son mari, et, en entrant, elle se
jeta dans ses bras : « Maintenant,
« s'écria-t-elle, rien ne pourra me
« séparer de vous. — Grand Dieu !
« est-ce bien mon Eléonore que je
« vois ici? dit M. de Saint Alphonse,
« en la pressant sur son cœur; faut-
« il que j'entraîne dans la tombe
« tout ce que j'aime, et ne crains-
« tu pas de rendre mes derniers
« momens plus affreux, en voulant
« partager mon sort? » Résigné à la
mort pour lui-même, M. de Saint
Alphonse fut prêt à accuser le ciel
d'injustice, quand il vit la femme

qu'il adorait prête à perdre la vie.
Cependant, ce qui calma son désespoir, ce fut la consolante idée que,
dans l'état où était Eléonore, on
obtiendrait un sursis, et qu'alors il
arriverait tel événement qui la sau-
verait tout-à-fait. Il savait que, le
lendemain, il devait paraître devant
le tribunal de sang, et qu'il n'en
sortirait que pour monter à l'échafaud. Il ne lui restait plus qu'une
nuit pour préparer sa femme à une
éternelle séparation. Je ne chercherai pas à vous retracer toutes les
angoisses qu'ils éprouvèrent tous
deux. Vers le matin, Eléonore,
épuisée par la douleur, s'endormit;
son repos ne fut pas de longue
durée; on vint les avertir qu'il fallait
se rendre au tribunal. M. de Saint
Alphonse s'approcha de sa femme,

il rassembla ses longs cheveux qui
tombaient épars sur ses épaules, et,
lui posant son voile sur la tête, il
lui recommanda de montrer de la
résignation aux ordres du ciel; il
la soutint dans ses bras, et lui ré-
péta plusieurs fois: « Mon Eléonore,
« tu sais que tu m'as promis de
« vivre. » Presque inanimée, madame de Saint Alphonse fut placée
sur le banc des accusés. Son mari
s'approcha des juges, et, ne leur
laissant pas le temps de lui adresser
aucune question : « Je sais, leur
« dit-il, que ma mort est déjà ré-
« solue; je rougirais de venir vous
« implorer pour moi et de desirer
« survivre au désastre de ma patrie
« et à la mort de mon malheureux
« roi. Mais condamnerez-vous aussi
« ma femme, elle est prête à devenir

« mère; je ne vous parle pas de son
« innocence et de ses vertus, ce se-
« rait à vos yeux une raison de plus
« pour hâter sa perte..... » Il s'éleva
une violente rumeur dans l'assemblée, et l'on fit sortir les prisonniers
pour délibérer. Eléonore, les yeux
fixés sur son mari, suivait tous ses
mouvemens. Lorsqu'on les fit rentrer pour entendre lire leur juge-
ment, elle saisit son bras; tous
ses traits annonçaient l'égarement
de son esprit. Le président se
leva, eut l'air de recueillir les voix,
et s'adressant à l'assemblée : » La
« citoyenne Saint Alphonse, dit-il,
« est condamnée à un emprisonne-
« ment de trois ans, en faveur de
« sa jeunesse et de son inexpérience;
« nous supposons qu'elle a été éga-
« rée par les conseils de son mari,

6

« et que notre indulgence lui fera
« connaître son devoir. Le citoyen
« Saint Alphonse condamné à la
« peine de mort pour avoir cons-
« piré contre la république. » Éléo-
nore, à ces mots, poussa un cri
perçant et tomba sans connaissance
dans les bras de Clotilde qui, l'ayant
vue entrer au tribunal, l'avait suivie; on l'entraîna hors de la salle,
et plusieurs femmes l'entourèrent.
M. de Saint Alphonse écartant tout
le monde, se précipita à genoux
près d'elle. Les gendarmes s'appro-
chèrent : « Je vous entends, leur dit-
« il, et je vais vous suivre. Clotilde,
« vous seule restez à cet infortunée;
« ne vous hâtez pas de la rappeler à
« la vie, elle ne la retrouvera que
« pour souffrir; consolez-la, rap-
« pelez-lui qu'elle m'a promis de

« vivre. Vous lui remettrez cet écrit ;
« ce sont mes dernières volontés.
« Adieu , mon Eléonore , s'écria-t-
« il, tout ce que j'ai aimé sur la
« terre ; tu ne m'entends pas, nous
« ne nous reverrons plus , et mes
« derniers momens seraient affreux
« si je n'étais certain que le ciel te
« protégera. » Il pressa sa femme
contre son cœur , lui donna un dernier baiser, et se relevant avec fierté :
« Marchons , ajouta-t-il , mon sa-
« crifice est consommé. »

Madame de Saint Alphonse , toujours évanouie, fut transportée à
l'Abbaye. C'est là, c'est dans cette
même chambre où , pour la dernière fois, elle avait vu son mari,
qu'elle recouvra sa connaissance et
avec elle le sentiment de son malheur.
Soit que l'époque de sa délivrance
fût arrivée , soit que la commo-

tion qu'elle venait d'éprouver l'eût hâtée, elle ne revint à elle que pour sentir que bientôt elle serait mère, et peu d'heures après elle donna le jour à une fille; c'était moi, à qui il appartenait de rattacher ma mère à la vie. Clotilde me remit dans ses bras en pleurant : « Je comprends « ton silence, lui dit sa maîtresse, « et il ne me reste qu'elle..... Mais « n'a-t-il rien ordonné, rien pres- « crit? — Voilà, lui dit Clotilde, en « lui donnant la lettre de M. de « Saint Alphonse , ce que M. le « comte m'a remis pour vous. » Ma mère s'en saisit vivement, et malgré son extrême faiblesse, elle lut ce qui suit :

M. de Saint Alphonse à sa femme.

« Je profite du moment où tu « reposes pour te donner une der-

« nière preuve - de ma tendresse,
« mon Eléonore. Demain nous se-
« rons séparés dans ce monde; mais
« j'ai la ferme persuasion que nous
« nous retrouverons un jour. Sèche
« tes larmes, ma tendre amie, et
« pense à tes promesses; bientôt un
« lien bien cher, le gage de notre
« amour, t'aidera à supporter la
« vie. Ton enfant, le mien, t'of-
« frira quelques consolations, et
« il adoucira la douleur que va
« te causer ma mort. J'espère te
« sauver; dans quelques mois, si
« tu es libre, je désire que tu
« t'éloignes pour jamais de notre
« malheureuse patrie. J'ai acquis en
« Angleterre une petite propriété
« dans le comté de Sommerset,
« et une partie de ma fortune
« est placée sur la banque de Lon-
« dres; tu ne connaîtras donc pas

« le besoin. Mon notaire te remettra
« les titres qui te sont nécessaires
« pour entrer en possession ; agis
« avec prudence, et bientôt, j'en
« suis sûr, tu seras libre de suivre
« mes dernières intentions. Je ne te
« recommande pas ma chère Cé-
« cile ; ne sais-je pas que ta tendresse
« égale celle que j'ai pour elle ; parlez
« souvent ensemble de l'ami que vous
« aurez perdu ; répète toujours à ce
« petit être qui me devra une portion
« de son existence, et que j'aime sans
« le connaître, que j'aurais voulu
« vivre pour vous protéger. Ton en-
« fant, je n'en doute pas, pourra te
« rendre du bonheur et fera le
« charme de ta vie... ... Voilà le jour,
« il faut finir!.... Adieu, mon Eléo-
« nore ; adieu pour toujours ; pense
« à moi, mais sans amertume ; mon
« cœur reste près de toi... J'entends

« du bruit..... Mon Dieu! protégez
« ma femme et mes enfans!..... »

Ma mère baigna cet écrit de ses
larmes ; et jura de suivre exactement les ordres de mon malheureux père, de vivre pour moi.....
Elle me nourrit de son lait. J'étais
forte, et malgré l'air humide et mal-
sain de la prison, je venais à mer-
veille ; jamais on ne m'entendait
crier, et à cinq à six mois je faisais
l'amusement de tous nos compa-
gnons d'infortune et les délices de
ma mère. Six mois après la mort de
mon père, on vint lui annoncer
celle de Robespierre et notre liberté.
Elle reçut cette nouvelle avec indifférence. Que lui importait d'être
libre ? Elle aimait cette prison , c'é-
tait là que j'étais née ; c'était là
qu'elle avait reçu les derniers adieux
de mon père. Dans ce monde où

elle allait rentrer, elle ne devait plus retrouver personne ; ses parens, ses amis, ou étaient morts, ou avaient fui la France. Debout au milieu de cette chambre qu'il fallait quitter, toutes les douleurs qu'elle avait souffertes se retraçaient à sa pensée ; elle restait immobile. Clotilde lui rappela la lettre de mon père, me remit dans ses bras, et nous sortîmes en pleurant de ce lieu de douleur. On fit approcher une voiture ; ma mère ne savait où se faire conduire, et elle donna l'ordre, d'une voix à peine distincte, de nous mener à son hôtel : nous arrivâmes ; le vieux concierge ouvrit la porte et recula de surprise en voyant sa maîtresse si pâle et si changée. Nous traversâmes la grande cour en silence ; en entrant dans les appartemens et en les voyant dévastés,

les glaces brisées, ma mère fris-
sonna. Tout était changé ; elle
s'assit dans un petit cabinet, sur
une mauvaise chaise de paille....
« Tâchez de me faire un peu de feu
« dans cette cheminée, dit-elle au
« concierge.....— Hélas! madame,
« je ne le puis, cette maison n'est
« plus à vous, la nation s'en est
« emparée, et je crois que madame
« ferait mieux de se rendre chez
« son notaire..... On m'a laissé ici
« pour garder ce qu'on n'a pu em-
« porter ; vous voyez, ajouta-t-il,
« en regardant autour de lui, que
« ce n'est pas grand'chose. — Vous
« avez raison, s'écria ma mère en
« se levant avec vivacité, je ne puis
« rester ici, le froid me glace. » Elle
remonta en voiture, et se fit conduire chez le notaire.

6*

M. Lenormand faisait les affaires
de notre famille depuis plus de
quarante ans, il avait vu naître ma
mère, et il la reçut avec tous les
égards et tous les respects qu'on
doit au malheur ; il l'engagea à s'é-
tablir chez lui jusqu'à ce qu'elle eût
pris un parti, et elle accepta sa
proposition avec reconnaissance.
Toutes les émotions qu'elle avait
éprouvées depuis le matin l'a-
vaient fatiguée, et elle se retira
dans l'appartement qu'on lui avait
préparé. Plusieurs jours se passèrent, M. Lenormand donna à ma
mère tous les renseignemens dont
elle avait besoin. Mon père avait
tout prévu, tout arrangé : nous nous
mîmes en route. Notre voyage se fit
heureusement, et nous arrivâmes
sans accident dans la retraite que

mon père nous avait choisie, et que
ma mère fit le serment de ne jamais
quitter. Dans tout l'éclat de la jeunesse et de la beauté, elle renonçait
au monde; son âme ardente et pas-
sionnée ne devait plus être remplie
que par l'amour maternel! elle
m'aima comme jamais mère n'aima
son enfant. Uniquement occupée de
moi, tous les soins dont on charge
ordinairement un domestique, elle
seule voulut me les rendre; dans
ma première enfance, elle fut tout
pour moi, aussi mon premier sourire, mon premier sentiment furent
pour elle. Lorsque je fus en âge de
recevoir des leçons, elle devint mon
institutrice; le peu que je sais, je
ne le dois qu'à elle; jamais je ne la
quittais. La maison que nous habi-
tions, située dans une position

charmante, ressemblait à une jolie ferme ; il y régnait la plus
grande simplicité ; le jardin, excepté une longue allée de tilleuls,
était plutôt consacré à l'utile qu'à
l'agréable. Madame de Saint Alphonse ne voulut rien changer à
l'arrangement de notre habitation :
n'était-ce pas ainsi que mon père
l'avait fait préparer, et ses moindres
volontés ne devaient-elles pas être
religieusement suivies? Ma mère se
serait trouvée presque heureuse
dans cette retraite, si elle avait reçu
des nouvelles de ma sœur ; mais un
voile impénétrable semblait étendu
sur sa destinée, et les plus exactes,
les plus minutieuses informa-
tions, ne lui avaient rien fait découvrir. Enfin, au bout de cinq ans,
elle reçut une lettre de M. de Léon ;

il rentrait en France, et avait appris, par M. Lenormand , tous les mal- heurs de ma mère et la résolution qu'elle avait prise de se retirer en Angleterre. Il lui offrait de faire toutes les démarches nécessaires pour obtenir sa radiation. Depuis dix - huit mois il avait perdu sa femme , et il sollicitait le consen- tement de ma mère pour son union avec ma sœur, qui avait près de seize ans. Cette lettre , tout en tranquil- lisant madame de Saint Alphonse sur le sort de sa belle-fille , sembla renouveler toutes ses anciennes douleurs. Elle s'enferma dans sa chambre plusieurs jours, et à peine, pendant ce temps, m'admit-elle en sa présence; enfin elle répondit à M. de Léon la lettre suivante, qu'elle m'a communiquée lorsque j'ai eu assez de raison pour la comprendre.

Madame de Saint Alphonse
à M. de Léon.

« Votre lettre, mon cher ami,
« m'a rendu la tranquillité; je gé-
« missais sur le sort de ma chère
« Cécile et sur le vôtre. Depuis six
« ans nous sommes séparés, depuis
« six ans je n'avais pas eu de vos
« nouvelles, et mon cœur était dé-
« chiré en songeant à tout ce qui
« avait pu arriver depuis ce temps.
« Enfin je suis rassurée.... mais ma
« pauvre amie n'a pu revoir sa pa-
« trie. Dans ce malheureux temps
« de révolution, n'y aurait-il pas
« de l'égoïsme à desirer de la voir
« au milieu de nous? Contentons-
« nous de la pleurer..... Non, mon
« ami, jamais je ne rentrerai en
« France. Vous avez dû apprendre
« tout ce que j'ai souffert; du mo-

« ment où mon mari a été arraché
« de mes bras pour monter sur
« l'échafaud, j'ai fait le serment,
« puisqu'il fallait supporter la vie,
« de passer le reste de mon exis-
« tence sur une terre étrangère ; je
« n'ai plus de patrie, il ne me reste
« plus que ma fille..... Chère enfant!
« je puis pour toi, pour ton bon-
« heur, consentir à faire bien des
« sacrifices, excepté de revoir cette
« terre qui a été arrosée du sang de
« ton père. Ne me pressez donc pas
« de revenir près de vous, des con-
« sidérations de fortune ne peuvent
« rien sur moi, j'ai ici tout ce qu'il
« me faut pour exister honorable-
« ment. M. de Saint Alphonse a
« placé en mon nom trois cent
« mille francs sur la banque de
« Londres; j'habite une maison fort
« jolie qui m'appartient; ma fille

« est élevée dans la retraite, la mé-
« diocrité est tout ce qui nous con-
« vient : elle abandonne, ainsi que
« moi, tous nos droits à sa sœur;
« s'il reste quelques débris de notre
« fortune, ce sera la dot de Cécile,
« sinon nous partagerons avec elle
« ce que nous avons. Mon ami, je
« vous donne l'enfant de mon cœur;
« n'avez-vous pas été tout pour elle
« pendant bien long-temps?..... Sa
« lettre m'a attendrie jusqu'au fond
« de l'âme, elle vous aime et veut
« consacrer son existence à votre
« bonheur. Combien M. de Saint
« Alphonse eût été heureux de vous
« unir ! N'étiez-vous pas son meil-
« leur ami ? Aimez ma Cécile, elle
« est à vous; je ne forme plus qu'un
« vœu, c'est de vous voir tous deux
« avant de mourir. Vous ne me
« parlez pas d'Anatole; il me semble

« encore voir sa jolie petite figure
« si douce et si espiégle ; j'espère
« qu'il aimera bien sa jeune ma-
« man, et qu'elle aura pour lui la
« tendresse d'une bonne mère. Pen-
« sez à moi, et croyez bien que,
« malgré l'absence, mon attache-
« ment pour vous est aussi sincère
« que durable. »

   Votre affectionnée mère.

Ma mère, après avoir fait partir
cette lettre, sembla reprendre un
peu de calme, elle était satisfaite d'a-
voir fait connaître sa résolution invariable de ne jamais rentrer en France.
Peu après notre arrivée à Rose-
Hill (ainsi se nommait notre petite
ferme), plusieurs personnes avaient
essayé de faire connaissance avec
ma mère ; mais elle avait toujours
trouvé le moyen d'éluder leurs vi-

sites, et, craignant de prendre des
engagemens qui l'eussent forcée de
changer son plan de vie, elle ne
s'était pas cru obligée de rendre ces
visites. Cette manière d'être qu'on
n'attribua sans doute qu'à de la bizar-
rerie et à une humeur sauvage, éloi-
gna tout le monde de notre retraite,
et nous n'avions pour toute société
qu'un vieux prêtre émigré comme
nous. Jamais nous ne sortions de
l'enceinte de notre modeste habitation; nous assistions aux offices
les dimanches et fêtes, dans une
petite chapelle que nous avions fait
construire au bout de notre jardin.
Le père Durand s'occupait, de con-
cert avec ma mère, à me donner
des leçons; le temps s'écoulait doucement, et jamais madame de Saint
Alphonse n'éprouvait un moment
d'ennui; toujours occupée, elle

écartait avec soin tout ce qui aurait pu lui rappeler le passé.

Nous recevions assez souvent des nouvelles de ma sœur, elle était mariée à votre père, qui la rendait heureuse, et dans ses lettres, toujours attendues avec impatience, elle nous parlait sans cesse de son fils Anatole, et nous donnait mille détails sur votre caractère, sur la bonté de votre cœur; elle avait formé des projets pour l'avenir, ma mère y applaudissait en souriant..... nous devions être unis ! mais une barrière insurmontable s'est élevée entre nous, et pourtant nous nous aimons ! .... Poursuivons mon triste récit.

Je n'ai jamais eu d'enfance, ne quittant pas ma mère, et la voyant toujours triste, je l'étais aussi sans m'en apercevoir; je ne me sentais que bien rarement disposée à me livrer à cette

gaieté qui plaît tant dans les enfans;
mes heures de récréation se passaient auprès de ma mère; elle était
souvent malade , je la soignais;
quand elle était trop souffrante,
rien n'aurait pu me contraindre à
la quitter, et il fallait qu'elle em-
ployât toute son autorité pour m'engager à prendre un moment de repos loin d'elle. Les années s'écou-
laient, et j'avais près de quinze ans
lorsqu'un soir on frappa à la porte.
Comme il était fort tard , nous
fûmes effrayés de ce bruit. Le Père
Durand se mit à la croisée, et n'a-
percevant qu'un homme seul, il
descendit, et , au nom de ma mère,
il offrit l'hospitalité à cet étranger
qui l'accepta. En entrant dans le
salon, il s'avança avec cette grâce
et cette aisance qui sont si naturelles
aux gens du monde, et remercia ma

mère d'avoir bien voulu le recevoir
chez elle. Ma mère s'inclina et le fit
asseoir près du feu ; ses habits
étaient mouillés, couverts de neige,
et avait l'air d'être transi par le
froid qui était très piquant ; les
premiers momens passés et la chaleur ranimant le voyageur, on se
mit à causer : au bout d'un moment, ma mère me dit de préparer
le thé. Je me levai : cachée derrière
elle, sans doute l'étranger ne m'a-
vait pas encore aperçue ; car il se
leva aussitôt, fit un geste de surprise, et me salua. J'étais si timide,
que je lui rendis à peine son salut,
et je m'assis précipitamment devant
la table. Je me bornais à écouter la
conversation. Cet étranger, en apprenant qu'il était chez madame de
Saint Alphonse, prit un air plus
respectueux ; il se nomma alors.

Dès que ma mère sut qu'il s'appelait d'Alby, elle lui demanda s'il était parent d'une demoiselle anglaise avec qui elle avait été élevée au couvent de Panthemont, et qui portait le même nom ; il répondit affirmativement, et parla de la France comme un homme qui l'avait habitée long-temps. La convertion s'anima ; M. d'Alby rappela plusieurs aventures qui s'étaient passées avant la révolution, et qui lui avaient fait connaître mon père ; de ce moment il ne devait plus être étranger pour nous. Le temps s'écoulait, et à la fin de la soirée, à l'instant où nous allions nous séparer, ma mère l'engagea à passer quelques jours à Rose-Hill pour se remettre de ses fatigues. Pour moi, j'éprouvais un mal-aise insurmon-

table ; n'ayant jamais vu que ma
mère et notre vieux prêtre , ma timidité était extrême. Habituée à
être tout pour elle , je lui en voulais
d'avoir pu , toute une soirée , s'occuper d'un autre que moi. Enfin
un sentiment injuste venait de
s'introduire dans mon cœur ; j'é-
tais oppressée , et lorsque nous
commençâmes notre prière , mes
larmes étouffèrent ma voix. —
« Pourquoi ces larmes , chère
« Marguerite , me dit ma mère
« en m'attirant vers elle ? » Mes
pleurs redoublèrent , et je ne
pus répondre. — « Qu'est-ce qui
« vous afflige , ma fille , continua-t-
« elle , en me faisant asseoir à ses
« côtés ? — Ah ! maman , m'écriai-
« je, comment puis-je vous dire ce
« que j'éprouve, puisque je l'ignore

« moi-même. — Comment ! vous
« ignorez ce qui vous fait pleurer
« aussi amèrement ; je ne vous
« croyais pas aussi enfant. » Je bais-
sais la tête d'un air confus. Ma mère
me considéra un moment avec attention, et poursuivit : « Cependant
« vous avez l'air profondément af-
« fectée ; je connais votre raison, et
« un léger chagrin ne vous mettrait
« pas dans l'état où vous êtes ; vous
« sanglottez encore. Ma fille, parlez
« à votre mère, à votre meilleure
« amie. — Je crains, chère maman,
« dis-je à voix basse, que vous ne
« m'aimiez plus ! — Et qui vous
« fait craindre une chose semblable,
« Marguerite ; suis-je moins tendre,
« moins occupée de vous ? N'êtes-
« vous pas toujours l'unique but
« de toutes mes actions, de toutes

« mes pensées ? Non, ce n'est pas
« cela qui vous afflige ; car vous ne
« pouvez pas douter de l'affection
« de votre mère. » Je ne pus résister
plus long-temps, et je racontai à
ma mère ce que j'avais éprouvé en
la voyant causer presque familiè-
rement avec M. d'Alby ; je m'accusais d'égoïsme ; je pleurais de regret
en racontant ce que j'avais souffert. Elle m'écoutait attentivement ;
quand j'eus cessé de parler, elle
m'embrassa : « Marguerite, me dit-
« elle, je m'aperçois que vous n'êtes
« plus un enfant, et je vais vous
« parler comme à mon amie. De-
« puis votre naissance vous m'avez
« tenu lieu de ma patrie, de mes
« parens, de mes amis, vous êtes
« tout pour moi ; mais qu'ai-je be-
« soin de vous le dire ? ne le savez-

7

« vous pas? Comment avez-vous pu
« croire qu'un étranger, un homme
« qui m'était inconnu il y a quel-
« ques heures, puisse dans un ins-
« tant vous effacer de mon cœur? Je
« n'ai été que polie avec M. d'Alby;
« en lui accordant l'hospitalité, de-
« vais-je me borner à cela; j'ai dû,
« en retrouvant en lui une connais-
« sance de votre père, chercher à
« lui rendre agréable la maison et
« l'abri que je lui offrais; il est ai-
« mable et cause bien, il m'a rap-
« pelé le temps de mon bonheur,
« je me suis laissé entraîner par le
« charme de la conversation; ce-
« pendant je souffrais de votre ti-
« midité, j'aurais desiré que vous
« parlassiez davantage; j'aurais
« voulu que l'homme qui a connu
« votre père vous trouvât aimable.

« Mon cher enfant, comme je vous
« l'ai dit souvent, toutes mes jouis-
« sances dans ce monde ne peuvent
« me venir que de vous ; ne doutez
« donc jamais du cœur de votre
« mère, c'est le seul qui ne peut
« jamais changer. » Ma mère m'embrassa encore une fois, et, me
voyant consolée, elle me conduisit
jusqu'à la porte de ma chambre, en
m'engageant à prendre un peu de
repos. Je me couchai, mais, pour
la première fois de ma vie, je ne
pus dormir ; en me levant le lendemain, j'étais pâle, et mes yeux
étaient encore gonflés par les larmes. Cependant je me trouvai une
des premières dans la salle du déjeûner ; M. d'Alby avait l'air souf-
frant, il nous dit qu'il était fort in-
commodé, qu'il croyait que la pluie

et le mauvais temps étaient cause
de ce qu'il éprouvait. Ma mère alors
lui offrit de se reposer quelques
jours, il accepta avec empressement.
Le déjeûner fini, ma mère proposa
de faire de la musique, m'étant
levée pour lui obéir, je remarquai
que les yeux de M. d'Alby étaient
fixés sur moi, mon regard ren-
contra le sien ; j'éprouvai un sentiment indéfinissable, et mon cœur
se serra ; il me semblait entendre
une voix qui me criait : Voilà
l'homme qui fera le malheur de ta
vie. Je m'appuyai contre la table,
craignant cependant d'effrayer ma
mère, je tâchai de vaincre mon
émotion, et peu à peu l'agitation
que j'éprouvais se calma. Cette journée, plusieurs autres se passèrent,
M. d'Alby ne parlait pas de son dé-

part ; loin que la prévention défa-
vorable que j'avais contre lui se dis-
sipât, elle augmentait chaque jour,
et cependant il ne négligeait nulle
occasion de me plaire ; je n'avais
pas le temps d'exprimer un desir
qu'il ne cherchât à le satisfaire à
l'instant même. Vous pourriez croire
que son extérieur est repoussant,
bien loin de là, son visage est d'une
beauté régulière. Quoique un peu
sévère, son visage, quand il le veut,
est d'une douceur inexprimable; sa
voix surtout a un charme auquel il
est difficile de résister, il parle avec
grâce : rempli de talens et d'ins-
truction , il semble s'oublier pour
faire valoir l'esprit des autres. Tout
est art chez lui, la nature sans doute
l'a doué de bien des perfections;
mais ne serait-ce pas lui faire injure

que de croire que le ciel lui a donné
cette profonde dissimulation, ce
desir de porter le trouble dans une
âme innocente, cette soif, ce besoin
de faire le mal, qui anéantit toutes
ses qualités malheureusement trop
séduisantes. Je ne conçois pas comment j'ai pu me défier de ses
desseins, une sorte d'instinct me
guidait, je fuyais le danger, sans
même le prévoir; enfin il fallait
qu'il fût bien insinuant pour, en
si peu de temps, avoir amené ma
mère, toujours clairvoyante, à
l'admettre dans notre intimité. Malgré mon ignorance des usages du
monde, il me semblait fort extraordinaire de voir un inconnu retenu
aussi long-temps. Nous ne savions
ni d'où il venait, ni qui il était; il
disait seulement qu'il avait connu

mon père, et il était accueilli presqu'avec empressement; je n'osais
parler, je craignais de paraître injuste et jalouse; ma mère était plus
gaie, devais-je troubler sa sécurité?
M. d'Alby ne laissait échapper aucune occasion de me parler, moi
je le fuyais avec soin, je n'osais
même fixer les yeux sur lui, ses
regards me troublaient, ils étaient
si doux et si tristes; ils semblaient
me reprocher l'aversion que je ne
pouvais m'empêcher de ressentir.
Un mois s'écoula, la santé de M.
d'Alby était tout-à-fait rétablie, il
ne parlait pas de son départ.

Un matin ma mère se trouvait
incommodée, et elle me dit d'aller
préparer le thé, et qu'elle me sui-
vrait plus tard; je tremblais en ouvrant la porte, en songeant que

j'allais être forcée de soutenir la
conversation et de marquer quelque attention à un homme qui
m'inspirait autant d'éloignement.
Je trouvai M. d'Alby appuyé contre
la cheminée, il paraissait absorbé
dans ses réflexions; je m'assis devant
la table à thé, et je préparai le déjeûner. Clotilde allait et venait dans
la chambre. Il s'informa des nouvelles de ma mère, et en apprenant
qu'elle était indisposée, il parut in-
quiet, et demanda la permission de
la voir. « Je compte partir demain,
« me dit-il, et je voudrais la remer-
« cier des bontés qu'elle a eues pour
« moi. » Sans doute il lut sur mon
visage le plaisir que j'éprouvais en
l'entendant m'annoncer son départ,
car il reprit avec un ton de reproche:
« Je ne sais, mademoiselle, pour-

« quoi je vous suis odieux, et pour-
« quoi vous desirez aussi vivement
« mon départ. » Je le regardai ; ses
yeux étaient pleins de larmes, son
chagrin me toucha : « J'espère,
« lui dis-je en souriant, que vous
« reviendrez bientôt. — Jamais,
« s'écria-t-il avec véhémence ; je
« suis resté trop long-temps, pour
« mon bonheur. Pourquoi cher-
« cherais-je à vous revoir ? ne sais-je
« pas que je ne suis pour vous qu'un
« être haïssable, et que vous ne
« voyez qu'avec chagrin l'intérêt
« que madame votre mère veut bien
« m'accorder. Vous ne desirez que
« mon départ ; que vous ai-je fait
« cependant ? n'ai-je pas cherché
« toutes les occasions de vous plaire?
« et je n'ai recueilli que froideur
« et mépris. » Je me levai dans ce

7*

moment et je m'avançai vers la
porte ; je sentais la justice de tout
ce qu'il me disait ; mais, quoique
touchée de son chagrin, je ne pouvais
vaincre la crainte qu'il m'inspirait.
Trop franche pour dissimuler ce
que j'éprouvais, je préférai garder
le silence ; il ne chercha pas à me
retenir, seulement j'entendis, en
m'éloignant, qu'il s'écriait : « Elle
« ne pourra s'en prendre qu'à elle
« seule de ce qui arrivera. » Je hâtai
le pas et je rentrai dans la chambre
de ma mère. Peu de temps après,
M. d'Alby fit demander la permission de venir prendre congé d'elle.
Au moment où il entrait, je passai
dans mon appartement, et je n'en
sortis que lorsque Clotilde vint me
dire que M. d'Alby était parti. Enfin
il était parti, je respirai plus libre-

ment ; ma mère s'aperçut du con-
tentement que je ne pouvais dissimuler, et elle m'en fit des reproches ;
j'étais trop heureuse de me retrouver seule avec elle pour qu'ils pussent m'affliger bien vivement ; je
jouai une partie d'échecs avec le Père
Durand. Pour distraire ma mère
qui avait l'air préoccupée, je fis de
la musique, jamais je ne m'étais
sentie aussi gaie et aussi animée, et
la soirée se passa d'une manière ravissante pour moi.

Le lendemain je me réveillai de
très-bonne heure, et Clotilde me
dit que ma mère avait passé une
nuit très-agitée, et qu'elle avait ordonné de n'entrer chez elle qu'à
midi. Vous savez, mademoiselle,
me dit cette bonne fille, qu'il y a
aujourd'hui quinze ans que vous

êtes née, et madame ne veut voir
personne, pas même vous, ce jour-
là ; ne vous affligez pas, vous l'em-
brasserez demain. Je m'habillai en
silence, j'étais peinée de voir que
ma mère ne voulait pas m'admettre
auprès d'elle ; j'avais assez de raison
pour sentir, pour partager sa douleur. Elle pleurait mon père ! qui
mieux que moi pouvait essuyer ses
larmes ! N'importe, dis-je en moi-
même, elle me bannit de sa présence, quoique séparée d'elle, je
partagerai son chagrin. Je descendis et traversai le jardin pour me
rendre à la chapelle, elle était ten-
due de noir. M'étant agenouillée sur
les marches de l'autel, je priai pour
mon père, je le suppliai de me protéger. Tout à coup un pressentiment
affreux serra mon cœur, il me sem-

bla que ma mère allait aussi m'être
enlevée ; la solitude où je me trouvais, l'obscurité qui régnait autour
de moi, porta mon délire à son
comble. Je me relevai vivement, et
en voulant fuir, j'aperçus M. d'Alby
appuyé contre le tombeau de mon
père : il était pâle et paraissait très-
agité.... « Marguerite, me dit-il à
« voix basse, et en me retenant for-
« tement par le bras, j'ai voulu vous
« revoir encore, je n'ai pas le cou-
« rage de vivre loin de vous, malgré
« la résolution que j'avais prise de
« vous fuir à jamais. Je sais que vous
« me haïssez : ne vois-je pas dans
« votre contenance tout l'effroi que
« je vous inspire ? depuis six mois
« je vous adore ; ne pouvant ni vous
« parler ni vous apercevoir, je n'ai
« pu résister à l'amour que vous

« m'avez bien involontairement ins-
« piré : je me suis introduit chez
« vous; mais à quoi m'a servi ce que
« j'ai fait? à quoi, grand Dieu! qu'à
« me faire haïr. Ecoutez-moi seule-
« ment un instant : Voulez-vous me
« permettre de revenir chez votre
« mère? voulez-vous consentir à me
« voir chaque jour? — Non, m'é-
« criai-je, je ne puis vous tromper,
« je ne sais pas dissimuler ma pen-
« sée; si vous revenez chez ma
« mère, je sens que je serai fort
« malheureuse; vous m'avez enlevé
« une partie de son affection, au-
« jourd'hui elle m'a bannie d'auprès
« d'elle! Non, M. d'Alby, ne revenez
« plus, si vous m'aimez comme vous
« me le dites, c'est la seule preuve
« d'attachement que je vous de-
« mande. — Ingrate, dit-il, et voilà

« ce que vous exigez de moi! vous
« me bannissez pour toujours. Eh
« bien ! puisque rien ne peut vous
« attendrir , puisque je vous suis
« odieux au point que vous ne de-
« sirez que mon éloignement, je ne
« dois plus rien ménager; c'est vous
« qui me suivrez. » Il passa un bras
autour de ma taille , et m'entraîna
vers une petite porte qui donnait
dans les champs ; je fis un cri perçant en appelant ma mère , je me
dégageai de ses bras , et je tombai à
genou devant lui : « Grâce! lui dis-
« je , si vous m'aimez. — Non , s'é-
« cria-t-il, point de grâce; avez-vous
« eu pitié de moi , lorsque je vous
« ai imploré; vous me suivrez.... »
Il me prit dans ses bras , je me dé-
battis vainement; il ouvrit la porte ,
me déposa dans une chaise de poste

qui était arrêtée à quelques pas, et
me sentant entraînée avec rapidité,
je perdis l'usage de mes sens.

En revenant à moi, je me trouvai
dans une voiture ; il était presque
nuit, M. d'Alby cherchait à me rappeler à la vie. Une journée entière
s'était donc écoulée, et je ne devais
plus revoir ma mère ; je refermai
les yeux, dans ce moment la voiture
s'arrêta, et M. d'Alby voulut me
prendre dans ses bras pour me porter dans la maison ; mais je le re-
poussai, et je voulus descendre
seule : une lueur d'espérance venait
de s'introduire dans mon cœur, je
pensais qu'en réclamant la protection du maître de la maison, on me
rendrait à ma mère ; mais sans doute
il avait pris toutes ses précautions ;
car personne ne se présenta que le

domestique que j'avais aperçu au
moment où il me portait dans la
voiture. L'idée que j'étais entièrement au pouvoir de l'homme que
je haïssais le plus, loin de m'ôter
le peu de force qui me restait, m'en
donna de nouvelles; je regardai autour de moi pour voir si je n'apercevais personne, je ne vis que de
grands murs et une espèce de château gothique. Le valet-de-chambre
de M. d'Alby portait une petite
lampe, et nous introduisit dans une
chambre assez délabrée, au fond de
laquelle était un lit, et l'on avait
allumé un grand feu dans la cheminée. Je marchais en chancelant,
M. d'Alby approcha un fauteuil, je
m'assis, et le domestique, après
avoir posé la lampe sur une petite
table, sortit de l'appartement. Il y

eut un moment de silence, M. d'Alby
était debout devant moi, et me con-
sidérant attentivement : « Margue-
« rite, me dit-il enfin, vous êtes en
« mon pouvoir; mais il dépend de
« vous d'être heureuse avec moi,
« montrez-moi un peu de confiance,
« et je n'abuserai pas de votre posi-
« tion. » Il voulut prendre ma main,
je la retirai avec force. « Rendez-moi
« à ma mère, lui dis-je, il en est
« encore temps; je vous promets de
« vous aimer, de la faire consentir
« à vous recevoir chez elle. Ah! M.
« d'Alby, continuai-je en tombant
« à genoux, vous me donnerez plus
« que la vie.—Ce que vous me de-
« mandez est impossible, Margue-
« rite, dit-il en me relevant et en
« me pressant dans ses bras, je ne
« puis plus vivre sans vous; je

« sais que vous me haïssez, que
» jamais vous ne pourrez oublier
« la violence que je viens d'em-
« ployer envers vous ; mais telle est
« la force de la passion que vous
« m'avez inspirée, que je ne con-
« sentirai jamais à me séparer de
« vous, je suis aussi malheureux
« que vous pouvez l'être : eh bien!
« nous souffrirons ensemble, je
« vous verrai chaque jour, per-
« sonne ne me disputera votre pos-
« session ; vous êtes, vous serez à
« moi entièrement. — Pouvez-vous
« croire, lui dis-je, qu'on n'est pas
« à votre poursuite, et que bientôt
« ma mère ne viendra pas me cher-
« cher ?.... — Je ne crains pas cela,
« me dit-il, toutes les perquisitions
« que l'on pourrait faire seraient
« inutiles ; on ignore mon nom, et

« en supposant même qu'on puisse
« suivre nos traces, on les perdra
« bien vite; puisque nous n'avons
« pris que des chemins de traverse,
« et que d'ailleurs, avant qu'on se
« soit aperçu de votre enlèvement,
« j'avais déjà plusieurs heures d'a-
« vance. » En écoutant la confir-
mation de mon malheur, en voyant
qu'il fallait perdre tout espoir, je
ne pus que pleurer. J'étais perdue
sans ressource, rien ne pouvait me
sauver, j'étais enfin en son pouvoir.
Mes supplications, mes larmes, ne
pouvaient l'attendrir; dans ce moment, le valet-de-chambre apporta
du thé, M. d'Alby voulut que j'en
prisse une tasse, il fallut m'y soumettre! « Je vais, me dit-il, lorsque
« j'eus fini, vous laisser prendre
« quelques heures de repos, de-

« main nous nous mettrons en
« route de bonne heure, et vers le
« soir nous serons rendus à notre
« destination. » En finissant ces
mots, il sortit de la chambre et
la ferma à double tour. « Que de-
« venir, grand Dieu! Ah! ma mère,
« quelle doit être votre douleur! si
« mon sort est fixé, s'il faut passer
« ma vie avec cet homme, ne puis-
« donc mourir? » Je regardai autour de moi, je m'approchai des
croisées, elles étaient fermées avec
un cadenas. « N'est-il donc plus
« d'espoir, m'écriai-je en sanglot-
« tant, le ciel m'a-t-il donc aussi
« abandonnée? non, non, il a pitié
« de moi, car je me sens mourir....»
En effet, je tombai sur le parquet,
et je ne sais combien de temps je
restai en cet état; sans doute je

passai la nuit sans être secourue, et on ne s'aperçut de mon éva- nouissement qu'en venant me cher- cher pour partir. Je fus plusieurs jours entre la vie et la mort. M. d'Alby ne me quittait pas, il envoya à Londres chercher les meilleurs médecins ; mais à peine s'aperçut- il que ma raison et mes forces com- mençaient à revenir, qu'il les éloi- gna. Il avait placé près de moi une femme dont il était sûr, et il me donnait lui-même tous les soins que mon état exigeait. Ma jeunesse et ma force me sauvèrent ; je revins à la vie pour souffrir de nouveau. Lorsque je fus en état de supporter la voiture, nous nous rendîmes dans le lieu qu'il voulait que j'habitasse le reste de mes jours. C'était un grand château situé dans le nord

de l'Angleterre, les appartemens en
étaient somptueusement décorés.
Habituée depuis mon enfance à la
simplicité , je fus un moment
éblouie du luxe qui m'environnait ;
mais bientôt le sentiment de ma
douleur reprit le dessus, et je re-
tombai dans une noire mélancolie.
Je haïssais M. d'Alby ; cependant
ses attentions, sa tendresse pas-
sionnée me touchaient quelquefois.
Ah ! si vous me rendiez à ma mère,
lui disais-je souvent, je sens que je
vous aimerais. Il soupirait et ne me
répondait pas. J'étais depuis deux
mois à Grove-Casstle, ma santé était
entièrement rétablie, lorsqu'un soir
M. d'Alby, qui avait été distrait et
rêveur toute la journée, me quitta
plutôt qu'à l'ordinaire. Je rentrai
dans mon appartement, et après

avoir fait ma prière, je me couchai;
je pensais à ma mère, aux jours si
paisibles et si heureux de mon enfance, toutes ces idées me tinrent
éveillée très-avant dans la nuit; cependant je commençais à m'assou-
pir, lorsque je crus entendre une
petite porte située dans mon alcove
s'ouvrir doucement; je me souve-
nais parfaitement d'avoir fermé la
porte d'entrée, je me sentis glacée
de frayeur, et il m'aurait été impossible de faire un mouvement. J'avais
une lampe dans ma chambre, mais
elle était placée loin de mon lit, et
ne donnait qu'une lueur incertaine.
On s'approcha de moi, j'ouvris les
yeux, et malgré la faible clarté qui
nous éclairait, je reconnus M. d'Alby.
L'idée d'un nouveau malheur me
rappa douloureusement ; il se

baissa vers moi, je n'osais respirer.
« Comme elle dort paisiblement,
« dit-il à voix basse;... dois-je pro-
« fiter de son sommeil ? ne vais-je
« pas lui être encore plus odieux?
« — Que me voulez-vous; m'écriai-
« je avec effroi. — Ce que je
« veux, chère, trop chère Margue-
« rite, dit-il en me pressant dans
« ses bras; c'est toi, c'est ton amour
« que je veux, j'ai tout tenté pour
« l'obtenir ; mais tu me repousses
« sans cesse, rien ne peut toucher
« ton cœur; fatigué de ta froideur,
« je viens..... » Je ne lui laissai pas
le temps d'achever; épouvantée de
l'ardeur de ses regards, je le re-
poussai loin de moi.... Mais le moment de ma ruine était arrivé, ni
mes prières, ni mes larmes, ni mes
cris, ne purent me sauver..... je fus

8

à lui...... Je ne chercherai pas à
exprimer le désespoir qui s'empara
de moi, il s'écoula même plusieurs
mois pendant lesquels je fus privée
de l'usage de ma raison. La vue de
M. d'Alby m'était insupportable,
j'aurais fini par perdre la vie, si on
ne m'avait avertie que je ne pouvais
plus disposer de mon existence, et
que je portais dans mon sein le fruit
d'un crime que je n'avais pas partagé, et dont j'étais seule punie. Je
l'avoue, lorsque je sentis le premier
mouvement de cet enfant, je tressaillis d'horreur et de tendresse.
Malgré l'innocence dans laquelle
j'avais été élevée, je savais cependant l'énormité de la faute dont
on pouvait me croire coupable,
je sentais encore mieux les suites
affreuses qu'elle pouvait avoir; mon

enfant, moi, nous étions déshonorés
aux yeux du monde. M. d'Alby avait
marqué la joie la plus vive de mon
état, et cependant je ne pouvais
m'empêcher de lui témoigner l'invincible aversion que je ressentais
pour lui. Je cherchais toutes les occasions de le fuir, il s'en aperçut
sans doute, et il redoubla de sur-
veillance; lui-même ne me quittait
pas; ni mes mépris, ni la froideur
dont je l'accablais ne pouvaient le
dégoûter de moi, et, quand j'y songe,
je ne conçois pas comment, avec un
caractère aussi absolu que le sien,
il ne chercha pas à m'effacer de son
cœur; car il m'aimait, si l'on peut
appeler amour un sentiment qui
fait le malheur de celle qui en est
l'objet.

Je passe légèrement sur un temps
dont il ne me reste que d'affligeans

souvenirs; la seule lueur de bonheur fut l'instant où je sentis les lèvres de ma Charlotte s'attacher à
mon sein. Chère enfant ! comme
moi elle était née pour le malheur !
son berceau était arrosé des larmes maternelles, et seule je devais
lui tenir lieu de tout ; il fallait donc
vivre pour elle; mais que d'années
de douleur se déroulaient devant
moi! je n'avais pas seize ans, et déjà
j'avais épuisé tout ce que le malheur
a de plus déchirant. Innocente, je
passais pour coupable, déshonorée,
perdue sans retour. L'amour avait
causé tous mes maux, et pourtant
je n'avais jamais aimé ; je ne pouvais plus espérer, ni même desirer
de voir changer mon sort ; car
l'homme que je haïssais avec tant
de raisons n'était-il pas le père de
ma fille ? et dans l'état de faiblesse

où j'étais, c'était bientôt peut-être
le seul protecteur qu'elle aurait sur
la terre. J'avais voulu la nourrir,
on n'avait pas osé s'y opposer :
mes plus doux momens étaient ceux
où je la tenais dans mes bras.

Rassuré par la tendresse que je
témoignais à Charlotte, M. d'Alby,
après m'avoir confiée aux soins de la
femme qu'il avait placée près de
moi, partit pour une terre assez
éloignée qu'il possédait dans le
midi de l'Angleterre. Il pouvait me
quitter, que devait-il craindre?
Hélas! il savait que je ne pouvais
plus le fuir, il m'avait ravi à ma
mère, et jamais je n'aurais osé me
présenter devant elle avec mon enfant dans mes bras, j'aurais craint
d'en être repoussée.

Depuis un mois il était parti. Un
après-diné j'étais seule dans ma

chambre, assise à côté du berceau
où reposait Charlotte. Tout-à-coup
un bruit assez fort frappe mes
oreilles, on semblait parler avec
chaleur. Ma porte s'ouvre avec violence, une femme s'élance vers moi;
c'était ma mère!... Je tombai à genoux, et je crus un moment que ce
n'était qu'une illusion. S'appro-
chant vivement de moi : « Fuyons,
« ma fille, me dit-elle, éloignons-
« nous d'ici; viens...... » Elle cherchait à m'entraîner, et j'étais déjà
près de la porte lorsqu'un cri de ma
fille, que le bruit avait réveillée, me
retint : « Je vous suivrai, ma mère,
« m'écriai-je; mais il m'est impos-
« sible d'abandonner ma fille. »
Elle s'arrêta tout-à-coup, et fappée
de terreur: «Ta fille! grands dieux,
« le crime est donc consommé, et
« tu es perdue sans retour !... C'est là

« continua-t-elle en regardant at-
« tentivement ma petite Charlotte
« que j'avais prise dans mes bras ;
« c'est là ton enfant? Tu as raison ,
« il ne faut pas l'abandonner, et je
« sens que la fille de Marguerite
« me sera bien chère; mais suis-moi,
« les momens sont précieux. » Nous
descendîmes l'escalier sans rencontrer personne ; arrivées dans
la cour, le valet-de-chambre de
M. d'Alby voulut me retenir; mais
ma mère arracha avec force mon
bras qu'il avait saisi, et lui ordonna,
d'un ton impérieux et absolu, de
me laisser : « Je suis sa mère, dit-
« elle ; qui d'entre vous osera s'op-
« poser à ce qu'elle me suive. » Je
profitai de ce moment pour sauter
dans la voiture ; ma mère y monta,
et nous partîmes avec rapidité.
Etourdie de tout ce qui m'arrivait,

je fus long-temps sans savoir ni où j'étais, ni ce que je faisais ; la tête penchée sur le sein de ma mère, je sentais que ses larmes inondaient mon visage ; elle me pressait dans ses bras et me donnait les noms les plus tendres. — Vous me pardonnez donc, dis-je à voix basse.... — Te pardonner, dit-elle, puis-je faire autrement ; même coupable, ne serais-tu pas sûre de l'indulgence de ta mère ; mais tu es innocente, le misérable qui t'a ravie à ma tendresse mérite seul toute mon indignation. Ah! ma fille, c'est bien plutôt à toi à me pardonner la confiance que j'ai trop légèrement accordée à un inconnu..... Combien j'avais raison de fuir le monde, et quelle a été ma folie de me départir un seul instant de la résolution que j'avais si sagement prise.

Peu à peu je revins à moi; je vis
Clotilde assise sur le devant de la voiture, elle s'était emparée de ma fille
qui dormait doucement entre ses
bras; à côté d'elle était placé un homme dont la figure ne me semblait pas
inconnue. Je regardai ma mère,
combien son changement me frappa
douloureusement; il y avait quinze
mois que je lui avais été enlevée, et
je pouvais à peine la reconnaître; sa
voix était faible et tremblante, et
son beau visage, couvert d'une pâ-
leur mortelle, avait perdu tout son
éclat. « Ah! combien vous avez
« souffert, et dans quel état je vous
« retrouve, m'écriai-je, en me je-
« tant dans ses bras, et suffoquée
« par mes sanglots! — Oui, j'ai
« été fort malheureuse, mais à pré-
« sent tout est oublié, tu es près de

8*

« moi. Voilà, dit-elle, en tendant
« la main à notre compagnon de
« voyage, celui à qui je dois le bon-
« heur dont je jouis à présent; sans
« les soins qu'il m'a prodigués, sans
« les recherches qu'il a faites, tu
« n'aurais plus de mère, je n'aurais
« jamais revu ma Marguerite; je
« suis bien maintenant, car tu ne
« me quitteras plus. »

J'étais épuisée par toutes les
émotions que j'avais éprouvées,
et quoique le repos m'eût été
bien nécessaire, nous continuâmes
notre voyage; ma mère craignait
d'être poursuivie par M. d'Alby,
ou plutôt par quelqu'un de ses gens;
et comme elle voulait se dérober,
ainsi que moi, à toutes les recherches, elle sentait la nécessité d'arriver promptement au lieu de notre
destination.

Nous voyageâmes donc toute la
nuit et une partie du jour suivant.
Je me trouvais si heureuse d'être
rendue à ma mère, que j'oubliais le
passé. Je reconnus bientôt la personne qui nous accompagnait pour
un des médecins qui m'avaient soignée dans la première maladie que
j'avais eue, et je tâchai de lui exprimer toute la reconnaissance que je
ressentais. Il avait l'air aussi heureux
que nous, et il s'opposa à ce que
nous nous racontassions tout ce qui
s'était passé pendant notre sépara-
ration. A quoi bon, nous dit-il,
s'appesantir sur le passé, lorsqu'il
ne peut nous rappeler que des souvenirs affligeans ; vous voici réunies,
jouissons donc du présent. Vous vous
devez à votre mère, à votre enfant,
et vous n'avez déjà éprouvé que
trop d'agitations. D'ailleurs, con-

tinua-t-il en souriant , j'interpose
ici mon autorité de médecin , et si
vous vous affligez encore , de par
la Faculté , je vous sépare sans
miséricorde. Nous arrivâmes à
Londres dans la soirée ; il était
temps que le voyage finît , mon lait
s'était tari , et nous avions eu beaucoup de peine à nous procurer de
quoi nourrir ma fille ; sa santé ne
s'en ressentit pas cependant , elle
souriait à tout le monde , et je
m'apercevais avec ravissement que
non-seulement ma mère la voyait
sans antipathie , mais même qu'elle
la caressait. M. Schmidt (ainsi
se nommait notre bon docteur)
exigea que nous descendissions chez
lui : franc et loyal allemand , dévoué
à ses amis, s'oubliant pour les servir,
ayant l'âme la plus élevée , le cœur
chaud et la tête vive ; son amitié

était très-susceptible, il était facile
de la blesser, et après tous les ser-
vices qu'il nous avait rendus, il aurait
vu avec chagrin que nous eussions
préféré un autre asile à sa maison.
C'était plus qu'il n'en fallait pour
décider ma mère à accepter ses of-
fres; il était d'ailleurs veuf et n'avait
point d'enfans; ses domestiques
étaient sûrs, et nous devions être
à l'abri de toutes recherches.

Il me fallut peu de temps pour
reconnaître que la douleur que
ma mère avait éprouvée avait épuisé
ses forces et détruit sa santé sans
retour. Il y avait des instans où sa
raison paraissait l'avoir abandonnée;
souvent, quand je la tenais dans mes
bras, elle me repoussait et ne semblait plus me reconnaître. M.
Schmidt ne me dissimula pas que
son état était fort dangereux; mais il

espérait, me dit-il, que ma présence
et mes soins seraient le plus puis-
sant remède. Dans le fait, huit ou
dix jours après notre arrivée à Londres, elle parut se calmer, et dit au
docteur de me faire le récit de tout
ce qui s'était passé pendant mon
absence. Il me pria donc un matin
de le suivre dans son cabinet, et
j'appris alors combien ma pauvre
mère avait souffert.

« Peu de temps après que vous
« fûtes sortie de votre appartement
« pour vous rendre à la chapelle,
« me dit-il, madame votre mère
« se repocha de vous avoir interdit
« sa présence, elle se leva et entra
« chez vous; ne vous trouvant pas,
« elle sonna Clotilde, qui lui dit
« que vous étiez dans le jardin. On
« vous attendit; au bout d'une
« demi-heure, ne vous voyant pas

« revenir, votre mère sortit, par-
« courut le jardin et le petit bois ;
« elle appela sa fille, mais vaine-
« ment ; enfin elle arriva à la cha-
« pelle : et quel fut son effroi, lors-
« qu'elle vit sur les marches votre
« schall, que sans doute vous aviez
« laissé tomber, et à côté le cha-
« peau de M. d'Alby ; la porte qui
« donnait sur la campagne était
« ouverte, et bientôt, ne doutant
« plus de votre enlèvement, elle
« envoya chercher des chevaux, et,
« suivie de M. Durand, elle crut
« avoir trouvé vos traces ; mais elle
« se convainquit que son mal-
« heur n'était que trop certain, et
« que vous étiez perdue pour elle.
« De retour à Londres, toutes les
« perquisitions qu'elle put faire fu-
« rent inutiles, et le chagrin la fit
« tomber malade ; ce fut alors que
« je fis connaissance avec elle.

« Pendant plusieurs mois je la
« soignai, mais je ne fus pas long-
« temps à m'apercevoir qu'une
« cause morale détruisait tout l'ef-
« fet de mes remèdes, et je m'ap-
« pliquai à la découvrir. J'inter-
« rogeai Clotilde ; mais votre mère
« lui avait recommandé le silence,
« et je n'en pus rien apprendre. Je
« commençais à désespérer de sa
« guérison, lorsqu'un soir, arrivant
« chez elle sans être annoncé, je
« la trouvai à genoux devant un
« grand portrait qui souvent avait
« attiré mon attention, il était tou-
« jours couvert d'un rideau de taf-
« fetas vert; dans ce moment le ri-
« deau était tiré, et la personne
« qu'il représentait ne me semblait
« pas inconnue. Votre mère tourna
« vers moi des yeux baignés de
« larmes. Je m'approchai d'elle, le

« moment de la confidence était
« arrivé. Elle me raconta votre en-
« lèvement, et à l'instant je me rap-
« pelai cette jeune personne que
« j'avais soignée ; tout se rapportait
« parfaitement ; vos traits, quoique
« altérés par la maladie, étaient
« semblables à ceux du portrait
« que j'avais sous les yeux ; souvent,
« dans le délire de la fièvre, vous
« aviez appelé votre mère. Cepen-
« dant, ne voulant pas lui donner
« un espoir qui pouvait ne pas se
« réaliser, je me bornais à tâcher
« d'adoucir sa douleur, et je la
« quittai pour commencer mes re-
« cherches ; pendant trois mois elles
« furent infructueuses : enfin il y a
« un mois je traversais Hyde Park
« lorsque je reconnus M. d'Alby ;
« je le suivis, et j'arrivai à son hôtel ;
« là, j'appris qu'il ne se nommait

« pas ainsi. Je gagnai un de ses gens
« qui me confia que, dans un châ-
« teau qu'il avait dans le nord de
« l'Angleterre, il cachait une jeune
« personne. Sous le prétexte de
« quelques affaires, je partis; je vous
« aperçus, et je ne doutai plus de
« vous avoir retrouvée. Ma première
« idée fut de vous réclamer de suite;
« cependant je réfléchis que votre
« mère seule avait ce droit, et je
« repris la route de Londres. Alors
« je lui fis part de tout ce que j'avais
« fait et du succès qui avait cou-
« ronné mes efforts pour vous re-
« trouver. Je n'ai pas besoin de vous
« parler de l'empressement que
« nous mîmes à venir vous cher-
« cher; et vous vous figurez toutes les
« peines que j'eus à calmer l'impa-
« tience de votre mère pendant le
« voyage; il était inutile de lui

« rien dire, elle ne m'écoutait
« pas. En arrivant au bas de
« l'avenue, je crus qu'elle allait
« s'évanouir; cependant, à peine la
« voiture était-elle arrêtée qu'elle
« s'élança dans la cour, je ne pus
« la suivre que de loin, et je la vis
« bientôt revenir vous tenant par la
« main. Vous nous êtes rendue,
« maintenant je n'ai plus rien à
« vous apprendre, il ne vous reste,
« ma chère enfant, ajouta-t il, qu'à
« oublier tous vos chagrins et à
« forcer madame votre mère à éloi-
« gner d'elle des souvenirs trop pé-
« nibles. Je sais tout ce que vous
« pourrez me dire à ce sujet; je sais
« que votre malheur est affreux;
« mais, depuis votre enfance, vous
« êtes habituée à vivre dans la re-
« retraite, et vous pouvez encore y
« trouver le bonheur. »

J'avais écouté en silence M. Schmidt;
quand il eut fini, je pris sa main
que je pressai contre mon cœur :
« Ma reconnaissance est trop vive
« et trop profonde pour que je
« cherche à vous l'exprimer, lui
« dis-je, des mots ne rendraient pas
« ce que je sens, ils seraient trop
« faibles. Oui, mon cher docteur,
« je suivrai vos avis, je tâcherai d'é-
« loigner mes souvenirs, et je vais
« consacrer le reste de mon exis-
« tence à ma mère. Mais la conser-
« verai-je? sa faiblesse est si grande,
« que je crains de la voir s'éteindre
« à chaque instant. — Elle est très-
« faible, me dit M. Schmidt, j'en
« conviens; mais je suis persuadé
« qu'avec des ménagemens, nous
« pourrons encore la sauver. » La
conversation finit là, et nous fûmes
rejoindre ma mère.

Quelques jours après, nous prîmes possession d'une petite maison
que nous louâmes à quelques milles
de Londres. Ma mère, malheureusement, avait remis sa fortune entre
les mains d'un négociant qui avait
abusé de sa confiance. Elle avait été
obligée de vendre Rose-Hill, et il
nous restait fort peu de chose pour
exister. Notre bon abbé Durand
avait terminé sa carrière peu de
temps après mon enlèvement, et
nous n'avions pour nous servir que
Clotilde. Ma mère, animée d'une
noble fierté dans ses malheurs, ne
m'aurait jamais pardonné d'avoir fait
connaître notre pénible position à M.
de Léon, à qui elle écrivait que nous
étions heureuses. Lorsque nous fûmes établies dans notre nouvelle
habitation, elle lui écrivit qu'elle
m'avait mariée, et que très-peu de

temps après mon mariage , j'avais
perdu mon mari ; que sa santé était
fort dérangée , et que bientôt, peut-
être , elle réclamerait la protection
de ses enfans pour moi et pour ma
fille.

.. Nous vécûmes trois ans dans la
plus profonde retraite, ne sortant
pas même pour aller à l'église ; et
nous ne recevions que M. Schmidt.
Pendant ce temps , chaque jour je
voyais ma pauvre mère perdre le
peu de forces qui lui restaient , la
vie lui échappait sans que tous nos
soins pussent la retenir ; souvent sa
raison s'égarait, et alors elle m'acca-
blait de reproches ; elle repoussait ma
pauvre petite Charlotte , elle voulait
me bannir pour toujours de sa présence. Malgré tout ce que j'avais à
souffrir, souvent je regrette ce temps-
là , au moins je la voyais ; quand elle

revenait à elle-même, elle recon-
naissait son injustice, et cherchait à
me dédommager par ses caresses
du chagrin qu'elle m'avait causé.

Un jour elle fut plus mal que
jamais ; plusieurs fois elle perdit
connaissance dans la journée ; je fis
avertir M. Schmidt qui, les larmes
aux yeux, le cœur déchiré, me dé-
clara qu'elle n'avait plus que quelques jours à vivre ; il chercha vainement à calmer ma douleur, que pouvait-il me dire ? ma mère allait m'être
enlevée. Je rentrai précipitamment
dans sa chambre, pensant que le
peu de momens qu'elle avait encore à passer sur la terre ne devaient
appartenir qu'à moi. Elle-même
connaissait son état ; mais elle n'a-
vait pas osé m'en parler la première.
Me précipitant à genoux près de
son lit, je baisai ses mains, et mes

sanglots étouffèrent ma voix. « Lève
« ta tête, ma fille, me dit-elle d'une
« voix très-faible , que je te voie en-
« core avant de mourir; laisse-moi
« te remercier du bonheur que tu
« m'as donné dans mes derniers
« jours. Dis-moi que tu me par-
« donnes les inégalités de mon ca-
« ractère ; la douleur que m'avait
« causée ta disparition avait troublé
« ma raison : combien tu as dû
« avoir à souffrir près de moi..... »
Elle s'animait peu à peu; M. Schmidt
s'approcha et la pria de ne pas tant
parler. « Les momens qui me res-
« tent sont trop courts pour que je
« n'en profite pas, mon cher doc-
« teur , lui dit-elle ; laissez-moi en-
« tretenir ma fille , ne la privez pas
« des derniers conseils que j'ai en-
« core à lui donner. » Il sortit de la
chambre pour cacher son émotion;

je restai seul près d'elle. Son visage , animé par la fièvre , était
encore d'une beauté céleste. « Non,
« m'écriai - je , vous ne mourrez
« point ; pourquoi voulez - vous
« nous quitter ? Hélas ! je sais que
« le ciel est votre véritable patrie ;
« mais pour votre pauvre Margue-
« rite vous devez vivre ; car , qui
« pourra jamais vous remplacer
« près d'elle? qui sera son ami, son
« protecteur? — Ma fille, ma fille ,
« me dit ma mère en posant sa main
« sur mes lèvres , en me montrant
« toute ta douleur, ne rends pas
« mes derniers momens trop af-
« freux ; soumettons-nous avec ré-
« signation à la volonté de Dieu.
« Bientôt un prêtre , que j'ai fait
« demander, va se rendre ici, c'est
« à lui et à M. Schmidt que je vais te

9

« confier , ils te conduiront en
« France près de ta sœur et de M. de
« Léon : voici une lettre que tu lui
« remettras de ma part. Tu ne peux
« rester en Angleterre sans courir
« le risque de retomber au pouvoir
« du misérable qui me donne la
« mort; mais j'exige de toi que ja-
« mais un mot de la malheureuse
« liaison qui a existé entre toi et cet
« homme ne sortira de ta bouche.
« J'ai écrit à M. de Léon que tu étais
« veuve ; tu dois fuir toutes les oc-
« casions qui tendraient à soulever
« le voile étendu sur le passé. Il me
« serait affreux de songer à mes
« derniers momens que ma fille,
« le dernier gage d'amour de mon
« époux, est pour jamais désho-
« norée aux yeux du monde. Inno-
« cente enfant, viens promettre dans

« les bras de ta mère expirante qu'on
« ne saura jamais que tu as à rougir de
« la naissance de ta fille. M. Schmidt
« est prévenu et m'a promis de se
« conformer exactement à mes inten-
« tions. Pour Clotilde, tu sais qu'elle
« nous est entièrement dévouée,
« et nous n'avons rien à craindre
« d'elle. »

Elle cessa de parler, et je lui fis
alors toutes les promesses qu'elle exigea de moi ; ensuite elle me remit la
lettre suivante pour votre père :

*Madame de Saint Alphonse à
M. de Léon.*

« C'est sur mon lit de mort que
« je trace ces lignes, mon cher fils ;
« c'est pour vous recommander ma
« fille que je cherche à ranimer le

« peu de forces qui me restent en-
« core ; ce n'est qu'à vous que je
« puis confier ce cher objet de mes
« affections , elle a déjà beaucoup
« souffert sur la terre ; mais je
« compte sur vous , sinon pour lui
« faire oublier entièrement ses
« malheurs , au moins pour les
« adoucir. J'ai perdu la plus grande
« partie de ce que nous possédions,
« elle reste sans fortune avec sa fille,
« elle vous devra tout. Une maladie
« longue et cruelle m'a empêché de
« vous écrire depuis long-temps ;
« mais je connais votre cœur, et je
« sais que, du moment où je récla-
« merai votre protection pour un
« être qui m'est cher, vous ne re-
« pousserez pas ma prière. Ah ! de
« grâce, consolez ma fille , son cœur
« est le siége de toutes les vertus.

« Que Cécile me remplace près de sa
« sœur, elle vous aimera bientôt;
« car ce n'est que par son affection
« qu'elle pourra vous payer de vos
« soins et de l'intérêt que je ré-
« clame pour elle. Adieu, mes chers
« enfans, j'ai à peine la force de
« tenir ma plume et de vous dire
« de penser à votre malheureuse
« mère. »

A peine avais-je terminé la lecture de cette lettre que ma mère
s'évanouit de nouveau, je rappelai
M. Schmidt; sa faiblesse fut plus longue, quand elle revint à elle-même,
elle s'informa si le prêtre qu'elle
avait demandé était arrivé. Je l'in-
troduisis dans sa chambre, où il
demeura seul avec elle pendant une
heure, et, lorsqu'il sortit, il était

profondément ému : « Madame
« votre mère est un ange, me dit-
« il, bientôt une vie immortelle va
« commencer pour elle. » Après
avoir reçu tous ses sacremens, vers
le milieu de la nuit, elle s'éteignit
doucement dans mes bras. .....

M. Schmidt m'emmena chez lui avec
ma fille et Clotilde : anéantie par la
douleur, je ne versai pas une larme.
J'étais incapable de rien entre-
prendre. Cet estimable ami se char-
gea de tout. Il fit rendre les derniers
devoirs à ma mère, et écrivit à
M. de Léon pour lui annoncer la
perte que nous avions faite, et l'a-
vertir qu'aussitôt que ma santé le
permettrait, il me conduirait près
de lui. Votre généreux père, pour
me prouver combien il attachait de
prix à m'avoir bien vite près de lui,

vint lui-même me chercher; et il
n'y avait pas deux mois que j'avais
perdu ma mère, que déjà j'étais au
milieu de votre famille qui m'a,
depuis trois ans, comblée de ses
bienfaits. J'ai dû vivre dans la retraite, ma position ne me l'ordon-
nait-elle pas? À mon arrivée en
France vous étiez absent, vos voyages et la guerre vous ont retenu trois
ans éloigné de vos parens ; sans
cesse on parlait de vous, et je ne
sais pourquoi une émotion bien
douce faisait palpiter mon cœur; il
sera mon frère, me disais-je.....
Pourquoi n'ai-je pu n'avoir pour
vous que les sentimens d'une sœur?...
mais je vous aime mille fois plus,
et pourtant je savais, en m'attachant
à vous, tous les chagrins qui m'at-
tendaient; je savais que nous ne

pouvions jamais être l'un à l'autre : voudriez-vous, au milieu de votre brillante carrière, comblé des dons du ciel et de la fortune, unir votre sort à celui de Marguerite désho-norée ? non, non, Anatole, oubliez-moi, il le faut absolument.

Il me reste bien peu de chose à vous dire ; car, une fois établie chez ma sœur, je ne me liai qu'avec une seule femme, ce fut madame de Saint Géran, nos caractères étaient semblables ; comme moi elle aimait à vivre retirée ; je la rencontrai al-lant secourir des infortunés ; le rap-port de goûts nous réunit, nous devînmes amies. Cette année, je témoignai le desir de venir habiter Marcel, ma sœur voulut m'y suivre. Cette terre me rappelle les jours trop courts de bonheur que ma mère a goutés, c'est ici que je vous ai vu pour la première fois, c'est ici que je veux vivre et mourir.

Adieu, Anatole, je vous ai laissé lire dans mon cœur, n'ajoutez pas encore à tout ce que je souffre; soyez mon frère, rien de plus; il me semblerait alors que nous pourrions encore être heureux. Adieu.

LETTRE XXVI.

Anatole à Marguerite.

J'ai lu attentivement votre manuscrit, il est là devant moi. . . . . Ah! Marguerite, comment pouvez-vous croire que le récit de vos malheurs puisse vous effacer de mon

9*

âme? Parce ce que un misérable,
un être aussi dépravé que haïssable, a, par une indigne violence,
profané tant d'innocence et de vertu,
en êtes-vous restée moins pure ?....
Avez-vous partagé ses transports,
son amour?.... Non.... vous m'avez
laissé lire dans votre cœur avec trop
de franchise et de candeur pour que
je puisse seulement mettre en doute
que vous ayez aimé un autre que
moi. Si je suis satisfait, si moi qui
vous adore j'oublie le passé, le
monde a-t-il le droit d'être plus sévère ? Ne vous jugez pas avec tant
de rigueur. Il peut me réclamer,
dites-vous.... Osera-t-il venir vous
chercher dans mes bras? Ce n'est
pas dans un moment de passion
que je vous écris, je suis calme. Je
ne chercherai pas à vous tromper,

à la première lecture de votre lettre,
j'ai vivement ressenti votre offense,
car je vous aime trop, et mon sort,
quoique vous puissiez dire, est trop
intimement lié au vôtre, pour que
votre injure ne nous soit pas com-
mune. Maintenant un froid mépris
a succédé à ma bouillante colère,
et je plains cet homme encore plus
que je ne le hais.

Vous m'avez dit que je pronon-
cerai moi-même sur notre sort : eh
bien ! mon amie, nous ne serons
pas séparés, croyez que je ne
puis être heureux sans vous ; que
votre amour, votre possession sont
nécessaires à mon existence. C'est à
genoux que je trace ces lignes......
Marguerite, mon adorée Marguerite, ou la mort : voilà le dernier
cri de mon cœur.

LETTRE XXVII.

Marguerite à Anatole.

Votre lettre m'a bouleversée, je ne sais que vous dire ; je n'ose consulter mon cœur, il pourrait m'égarer. Mon cher Anatole, hélas ! que je me trouve faible ! et devrais-je l'être quand il s'agit de votre bonheur ? Vous me dites que le monde ne peut rien me reprocher ! vous vous égarez ; ne sais-je pas que, quoiqu'innocente, toutes les apparences du crime sont contre moi ? Je ne puis désavouer ma fille, pourrez-vous la voir à toute heure sans qu'elle vous rappelle les malheurs

de sa mère? En unissant mon sort
au vôtre, je puis avoir d'autres enfans, que sera-t-elle pour eux? et
pourtant le même sein l'aura por-
tée! Peut-être, pour n'avoir pas sans
cesse à rougir du passé, consen-
tirais-je à l'éloigner; mais alors que
deviendrait-elle? elle serait malheureuse, elle m'accuserait de tous ses
maux, et ne serais-je pas bien coupable de lui faire porter à elle seule
le poids d'un crime qu'elle doit
ignorer encore, et dont elle ne doit
pas être punie plus que moi? Nous
sommes innocentes toutes deux,
mais je deviens coupable si je l'a-
bandonne. Plus je réfléchis, plus je
suis convaincue qu'une union entre
nous est impossible, et nous rendraient plus infortunés que nous
ne le sommes. Une fausse délica-

tesse ne me trompe pas : il me serait
bien doux de vous devoir tout, de
vous consacrer ma vie. Anatole,
quand je refuse d'être à vous, n'allez
pas croire que ce soit pour mon
cœur un léger sacrifice; mais l'opinion du monde nous sépare; seule,
je pourrais la braver, mais je n'ai
plus la même force quand je songe
que votre honneur peut dépendre
de ma détermination. Oui, votre
honneur, mon ami; je n'ai pas besoin de vous détailler de nouveau
toutes mes raisons, vous les connaissez, et vous ne pouvez, pour les
combattre, y opposer que votre
amour. Je n'ai jamais aimé que vous;
mais pourra-t-on croire que mon
cœur soit toujours resté pur; les
indifférens ne jugent que sur les
apparences, et, je l'avoue avec dé-

sespoir, elles sont toutes contre moi.
On m'accusera d'avoir employé
mille artifices pour vous séduire,
on vous plaindra sans doute; mais,
dans ce cas, la pitié est aussi humi-
liante que le mépris..... Je m'ar-
rête.... je n'ose poursuivre.... je
n'en ai pas la force....Mon ami, vous
m'êtes trop cher, pour que ce ne
soit pas avec le plus affreux déchirement de cœur que je renonce à
vous pour jamais.

LETTRE XXVIII.

Anatole à Raimond.

Raimond, elle refuse d'être à
moi, je suis le plus infortuné des

hommes. Je ne puis te dire les raisons
qui nous séparent, ce funeste secret
doit rester enseveli au fond de mon
cœur..... Hier elle a desiré de voir
mon père; pendant trois ou quatre
heures il est resté enfermé avec elle;
en sortant il était attendri, et lorsque j'ai voulu lui parler, il m'a fait
défendre l'entrée de son appartement, et n'a pas voulu m'entendre.
Ma belle-mère seule a l'air de me
plaindre, elle pleure avec moi au
moins...... On entre dans ma chambre pour m'avertir que mon père
me demande.... Qu'a-t-il à me dire?
Je ne sais pourquoi un noir pressentiment serre mon cœur. ... .

Ils veulent tous que je la quitte !
Elle-même m'écrit; mon père m'a
remis sa lettre, et elle dit qu'elle
m'aime, elle me l'assure, et elle me

donne la mort ; car je ne puis vivre
sans elle : je ne partirai pas.

Mon père, avec ce ton froid et
calme que tu lui connais, m'a fait
venir dans son cabinet ; là, après
m'avoir rappelé toute la tendresse
dont, depuis mon enfance, il m'a
donné tant de preuves, après m'a-
voir dit que mon union avec mademoiselle de Saint-Alphonse était ce
qu'il avait le plus vivement desiré,
il me fit entendre qu'il se voyait forcé
d'y renoncer ; il voulait ajouter quelque chose, je l'ai arrêté : je lui ai dit
qu'à mes yeux, pour mon cœur,
rien n'était changé, que j'adorais
Marguerite, que je savais tout, et
que seul je devais être juge d'une
cause semblable. — Mais elle-même
renonce à vous. — Eh ! ne le sais-je
pas, me suis-je écrié ? ne sais-je pas

que, par un faux principe de délicatesse, elle veut m'éloigner d'elle?
mais, moi, je ne puis y consentir;
elle seule peut faire mon bonheur!
Anatole, m'a dit mon père avec sévérité, je pensais avoir à parler à un
homme, je vois que vous n'êtes encore qu'un enfant, vous partirez
demain. Madame d'Alby vous l'ordonne, et voici la lettre qu'elle m'a
remise pour vous.

Je suis tombé anéanti sur une
chaise; pendant un moment mes
forces m'ont abandonné.

Elle m'ordonne de la fuir, et elle
me dit qu'elle renonce à moi pour
toujours; mon père l'approuve, et
madame de Léon ne peut que verser
des larmes : je suis seul, abandonné
de tout ce qui m'entoure. Demain
on m'entraînera loin d'elle, je n'ai

pu même obtenir une dernière entre-
vue, on a craint qu'elle ne se laissât
attendrir par mon désespoir ; elle
est déjà perdue pour moi : je ne la
verrai plus. Sa fille s'est échappée
de son appartement, et est venue
me trouver, je l'ai repoussée avec
violence ; c'est elle qui nous sépare ! Cependant, quand je l'ai vue
s'éloigner en pleurant, je l'ai prise
dans mes bras, et malgré tout le
mal qu'elle me fait, je l'ai em-
brassée avec transport ; je cherchais
sur son visage la trace des caresses
de sa mère. Me reprochant ma
vivacité, je l'ai suppliée de me pardonner, elle a souri au milieu de
ses larmes, et, peu de minutes
après, elle jouait près de moi, sans
songer au chagrin qu'elle venait
d'éprouver. Je vais à Paris, mon

père m'y accompagne ; je ne sais combien de temps j'y resterai. Je te l'avoue, je n'ai pas encore perdu l'espoir d'amener mon père à penser comme moi, et de contraindre Marguerite à renoncer à ses réso-lutions. Ah! quand je n'aurai plus d'espérance, Raimond, tu pourras dire que tu n'as plus d'ami.

~~~~~~~~~~~~~~~~~~~~~~~~~~~~~~~~~~~~~~~

LETTRE XXIX.

Madame de Léon à Madame de Saint Géran.

Je connais si bien le tendre atta-chement que vous avez pour ma sœur, madame, que je m'adresse à vous aujourd'hui. Sans doute elle

vous a fait part de ses nouveaux
chagrins ; elle a plus besoin que jamais de la tendresse de ses amis,
il ne lui reste plus que ce soutien
pour pouvoir supporter la vie. Marguerite me charge de vous envoyer
l'histoire de sa vie ; elle ne peut vous
écrire elle-même, car elle est bien
souffrante ; son courage me paraît
surnaturel, malheureusement ses
forces ne la servent pas aussi bien,
et je crains de ne pouvoir la conserver long-temps. Ma sœur est un
ange ; c'est tout ce que je puis dire,
et je plains bien mon pauvre Anatole de ne pouvoir surmonter l'obstacle qui les sépare à jamais. Ah !
madame, si vous pouviez venir près
de nous dans ce moment, votre
présence nous serait bien nécessaire, vous pourriez peut-être con-

soler un peu notre chère Marguerite; je voudrais l'entourer de tous
ceux qu'elle aime, sa position me
déchire le cœur. Anatole est parti
hier, M. de Léon l'a emmené à
Paris, et je ne sais plus quand je le
reverrai; je ne puis même desirer
que ce soit de sitôt. Comment oublier Marguerite? et où retrouvera-
t-il une femme qui réunisse tant de
vertus à tant de beauté? Que je
m'en veux de les avoir rapprochés!
car, pour l'avenir, je ne vois plus
que douleur pour eux. Adieu, madame, venez, si cela vous est possible; je suis si douloureusement
affectée depuis quelque temps, qu'il
me reste à peine la force d'écrire.

LETTRE XXX.

*Lord Charles Westbury à Ma-
dame de Norville.*

Je suis obligé de m'arrêter à Londres pendant quelques jours, et je
vais profiter de ce temps pour t'é-
crire...... Combien j'ai de choses à
te dire! Ma sœur, je suis malheureux, je le suis à l'excès depuis six
ans, et, comme tu l'as presque deviné, je ne suis malheureux que
parce que j'aime trop passionnément. Je sais tout ce que tu pourras
me dire à ce sujet; tu me répéteras
ce que tu m'as écrit cent fois, que
j'ai mérité mon sort; au reste, je

ne demande la pitié de personne,
ou plutôt je ne desire plus rien,
puisque je n'ai pû toucher le cœur
de celle que j'aime. Si tu desires savoir ce qui m'a empêché de t'écrire,
lis avec attention ce qui va suivre.

Il y a huit ans qu'ennuyé de Londres, je partis un jour pour aller
passer le mois de novembre dans
ma terre de Rose-Castle, située
dans le comté de Sommerset. J'avais
hérité de cette propriété à la mort
de notre vieille tante Lady Aurora
Westbury, et depuis qu'elle m'é-
tait échue en partage, je n'avais pas
eu l'idée d'y faire un voyage. J'arrive,
et la première chose que je recommande au concierge, c'est de ne,
dire à personne mon arrivée, je
voulais me soustraire aux visites
dont j'étais fatigué d'avance; d'ail-

leurs mon projet étant de rester fort
peu de temps dans la province, je
ne me souciais nullement des con-
naissances que je pouvais y faire. Tu
sais que j'aime passionnément la
chasse, et le mois s'écoula assez
vite.

La veille du jour fixé pour mon
départ, il faisait un temps affreux;
je passai la journée au château.
Avant de me mettre à table, je fis appeler le concierge pour lui donner
mes derniers ordres; il me parla
longuement de mes intérêts : ennuyé de son bavardage, je l'interrompis brusquement, en lui demandant si je n'avais pas quelques
voisins. « Oui, Mylord, vous en
« avez plusieurs, me répondit le
« bon-homme; à deux milles de
« Rose-Castle est le château de sir

10.

« Mallyllan, qui a neuf enfans. —
« A-t-il des filles, dis-je en bâillant?
« —Oui, Mylord. — Sont-elles jo-
« lies? — Elles l'ont été autrefois :
« mais si Mylord aime les jolies
« femmes, quel dommage qu'il n'ait
« pu voir les dames françaises qui
« demeurent à la ferme de Rose-
« Hill, ce sont elles qui sont jolies;
« et ce qu'il y a de mieux, c'est qu'on
« les dit aussi bonnes qu'elles sont
« belles. — Et comment se nom-
« ment ces dames, lui demandai-je?
« — Pour leur nom, je ne saurais
« trop vous le dire; personne ne
« les connaît, excepté les pauvres,
« quoiqu'il y ait quatorze ans que
« la dame, qui paraît être la maî-
« tresse, soit venue s'établir à la
« ferme de Rose-Hill; elle avait avec
« elle une petite fille d'un an et une

« femme - de - chambre ; elles ont
« pris une jeune fille du village pour
« les servir, et depuis on ne les
« voit que bien rarement. — Et
« alors, comment pouvez-vous dire
« qu'elles sont jolies?—Ah! Mylord,
« pour cela j'en suis bien sûr; je les
« ai encore vues il y a quelques
« jours chez la vieille Dolly, qui est
« morte à présent; elles allaient
« chez elle pour lui porter des se-
« cours. —Vous me donnez le desir,
« Wilson, de faire connaissance
« avec ces dames, et j'ai presque
« envie de vous y envoyer de ma
« part pour leur demander la per-
« mission de me présenter chez elles.
« — Ce serait très - inutilement,
« Mylord, ces dames ne vous rece-
« vraient pas. — Vous croyez? —
« J'en suis sûr, elles ne veulent voir

« personne. On m'a dit que c'était
« un vœu que la mère avait fait en
« perdant son mari. Elle est très-
« belle encore ; mais on ne peut
« plus la regarder quand on a vu
« sa fille ; pour moi, je suis bien
« vieux, mais je ne puis m'em-
« pêcher de rester en extase devant
« elle, et je suis certain que vous-
« même, Mylord, vous n'avez jamais
« rien vu de si beau. » Je fis causer
ce brave homme pendant quelque
temps, et plus il me parlait, plus
je sentais croître le desir de voir
celle dont il me faisait un portrait
si flatteur. Le reste de la journée se
passa pour moi avec lenteur : le soir
arriva ; en sortant de table, je rentrai dans le salon ; je m'assis près
du feu, et bientôt l'idée la plus folle
s'empara de mon esprit. A quelque

prix que ce fût ; je voulais voir ces
dames ; tu me connais, tu sais qu'il
me faut peu de temps pour prendre
un parti.

Je fis appeler Wilson , et après
m'être fait exactement enseigner le
chemin de la ferme, et lui avoir
recommandé le plus profond silence sur mon séjour au château de
Rose-Castle, je prévins mes gens
que je serais peut-être plusieurs
jours sans revenir chez moi ; je
m'enveloppai dans ma redingotte,
et malgré la pluie qui tombait par
torrens, je pris la route de Rose-
Hill ; j'y arrivai à près de minuit.

Je n'avais nul plan de formé, je
m'en rapportais au hasard, je voulais voir ces femmes, je voulais leur
plaire sans me faire connaître. Plus
l'aventure me paraissait singulière

et extravagante, plus elle me pro-
mettait de plaisir. Enfin j'arrivai ;
j'aperçus de la lumière au travers
des persiennes, je frappai fortement
à la porte, et m'annonçai comme
un voyageur égaré dans la campagne. On me fit entrer dans la maison, et on m'introduisit dans un
petit salon, où une femme, d'une
taille noble et imposante se leva
pour me recevoir. Malgré mon assurance naturelle, j'avoue que je
fus un peu déconcerté, et je bal-
butiai quelque mots d'excuses et de
reconnaissance. Bientôt cependant
je repris toute ma présence d'esprit,
et je dis que je me nommais d'Alby;
que, forcé de me rendre à la ville
voisine, je m'étais perdu, et que je
bénissais l'heureux hasard qui m'a-
vait si bien servi. La maîtresse de la

maison , en entendant mon nom , fit un geste de surprise , et me demanda si je n'étais pas parent d'une demoiselle d'Alby avec qui elle avait été élevée en France. Je répondis que c'était ma sœur. Elle se nomma, et j'appris alors que c'était à madame la comtesse de Saint Alphonse que je m'adressais. J'avais connu son mari lors de mon premier voyage en France , et je pus alors lui parler de sa patrie. Nous causions avec vivacité quand elle s'interrompit et dit en se retournant : Marguerite , préparez-nous le thé. Alors s'offrit à mes regards la plus céleste vision qui ait enchanté les yeux d'un mortel. Je veux essayer de te faire le portrait de cet ange , quoique la tâche que je m'impose soit peut-être au-dessus de mes for-

ces. Comment pourrai-je te peindre
l'expression ravissante de ses beaux
yeux bleus, le sourire fin et gra-
cieux qui erre sans cesse sur ses
lèvres; quand elle est sérieuse, lorsqu'une réflexion triste efface un
instant ce doux sourire, il semble
qu'elle est encore plus adorable. Sa
taille est svelte, peu élevée; tout
plait dans Marguerite de Saint Alphonse; son âme angélique se dé-
couvre jusque dans son maintien si
plein de grâce, et de cette pureté
que nuls termes ne peuvent rendre.
Ma sœur, j'ai vécu dans le monde,
j'ai vu, j'ai aimé bien des femmes,
mais aucune n'approche de Marguerite, elle seule est digne de l'a-
doration de l'univers. Te parlerai-je
de son esprit, de ses talens, de cette
bonté si indulgente pour les autres,

qui la porte à secourir les infortunés ? non, tu croirais que j'exa-
gère, et pourtant je serais encore
loin de la vérité; il faut la voir, il
faut l'entendre pour se faire une
idée de sa perfection. Et, misérable
que je suis, je l'ai perdue sans retour. Mais, poursuivons ma narra-
tion : Je demeurai comme ébloui, et
je ne retrouvai mes sens qu'au bout
d'un moment. Nous prîmes du thé,
et madame de Saint Alphonse m'engagea, comme ancienne connaissance de son mari, à passer quelques jours chez elle ; j'acceptai. En
entrant dans la chambre qu'on
m'avait fait préparer, le souvenir
de Marguerite m'y suivit, il ne devait plus me quitter. Je passai plusieurs jours chez madame de Saint
Alphonse, je parlais de son mari, et

10*

chaque jour je faisais plus de progrès
dans son esprit ; elle me pressa
de prolonger mon séjour chez elle,
et tu sens que je le desirais trop
pour me faire prier long - temps.
Déjà j'adorais Marguerite , et je ne
conçois pas comment sa mère ne
s'aperçut pas de ma passion ; je ne
cherchais pas à la dissimuler, je ne
voulais même pas réfléchir aux
obstacles qui nous séparaient , ou
plutôt tous me paraissaient faciles
à vaincre. Ce fut avec désespoir cependant que je m'aperçus que Marguerite ne me voyait qu'avec répu-
gnance , et pourquoi ne l'avouerais-
je pas, avec aversion ; elle fuyait
toutes les occasions de rester près
de moi, et ce n'était, je ne le voyais
que trop , que par l'ordre de sa
mère qu'elle m'adressait la parole

ou semblait prêter attention à ce
que je disais. Je passai un mois chez
ces dames, et chaque jour je me
convainquis encore mieux que je
n'aimais qu'une femme insensible
à mes soins. Le désespoir s'empara
de moi ; à quelque prix que ce fût,
je voulais obtenir l'entière possession de celle que j'aimais. Je feignis
des affaires indispensables qui né-
cessitaient mon départ ; de retour
chez moi, j'apprêtai tout ce qui
m'était nécessaire pour l'exécution
de mon projet ; et recommandant à
l'intendant le plus profond secret
sur mon séjour dans la province,
je le menaçai de toute ma colère si
la moindre indiscrétion lui échappait ; je mis seulement mon valet-
de-chambre dans mon entière confidence ; il ne s'agissait plus que de
trouver Marguerite seule, et j'étais

sûr de la réussite de mon plan.
Cette occasion se présenta bientôt;
le lendemain de mon départ était
le jour anniversaire de la mort
de son père; je revins à la pointe du
jour; madame de Saint Alphonse
était retenue dans sa chambre par
une indisposition; je vis sa fille tra-
verser seule le jardin et diriger ses
pas vers la chapelle; mon cœur
tressaillit de plaisir; et en même
temps de crainte, je crois la voir
encore à genoux devant l'autel; sa
beauté était ravissante, et elle ressemblait à un ange. Je rougis presque à l'idée de profaner tant de
pureté, et je fus sur le point de
renoncer à mon projet, je fis même
quelques pas pour sortir; dans ce
moment elle tourna la tête et elle
s'élança vers la porte sans doute

pour fuir. Toutes mes bonnes résolutions m'abandonnèrent alors. Je
la retins. Je ne me souviens pas de
ce que je lui dis, rien ne put la
persuader, l'aversion, la haine se
peignaient dans ses regards ; le désespoir s'empara de moi, je la saisis
dans mes bras, et traversant rapide-
ment le jardin, je la déposai dans
ma voiture qui m'attendait à quelques pas. Ce que je souffris pendant
cette journée est impossible à dé-
crire : elle était à moi ; mais je la
voyais mourante ; nous ne pouvions
nous arrêter que le soir ; tout ce
que j'essayais pour la rappeler à la
vie était inutile. En réfléchissant à
présent, il me semble que, si elle
m'avait témoigné plus de confiance,
je n'aurais pas exécuté mon projet
de l'enlever ; mais le premier pas

était fait, je ne pouvais plus reculer, il fallait qu'elle subît son sort. Nous arrivâmes le soir à une de mes maisons ; là je faillis la perdre, et ce ne fut que deux mois après que je pus la conduire à Grove - Castle. Ma chère Louisa, ce n'était pas une femme ordinaire celle que ton frère adorait avec une passion assez vive, pour étouffer en lui tout sentiment de générosité ; je ne pouvais me faire illusion sur ses sentimens ; elle me haïssait ; mais devais-je employer la violence pour l'obtenir ? Je suis inexcusable, je le sais ; entraîné par une passion qui ne connaissait plus de frein, j'abusai de sa faiblesse, et elle fut à moi.

Pendant plusieurs mois, j'eus tout à craindre pour sa raison ; tou-

jours plongée dans une sombre
rêverie, rien ne pouvait l'en distraire; elle ne semblait retrouver
quelque souvenir que lorsque je
m'approchais d'elle; alors son visage se couvrait d'une rougeur brû-
lante, et elle me repoussait loin
d'elle avec effroi et aversion. Elle
devint mère, mais son cœur ne
changea pas pour moi; sa douleur
cependant sembla devenir moins
vive; elle s'occupait de son enfant,
jamais elle ne la quittait. Je fus
obligé de m'absenter, je ne devais
plus la revoir; à mon retour à
Grove-Castle, je ne la trouvai plus;
on me dit que sa mère l'avait, on
ne savait comment, ravie à mon
amour. Depuis six ans toutes mes
recherches ont été inutiles; j'ai
vainement parcouru toute l'Angle-

terre ; j'ai écrit en France, on igno-
rait même de qui je parlais. Je voulus visiter l'Italie et l'Allemagne, ou
plutôt je m'efforçais de chasser tous
mes souvenirs, d'éloigner Marguerite de mon cœur, et pour détruire
à jamais l'amour qu'elle m'avait
inspiré, je cherchais à en éprouver
pour une autre; vains efforts : je ne
pus l'oublier. Ta lettre a été pour
moi un rayon de lumière ; tu de-
meures près du château de Marcel,
la famille de Léon y habite, il me
semble en avoir entendu parler à
Mme de Saint Alphonse, je crois même
que ce sont de ses parens; peut-être
suis-je à la veille de retrouver l'objet
de mon unique amour, et c'est à
toi que je le devrai. Si je m'abuse
encore, je sens que je ne pourrai
plus supporter une vie aussi misé-

rable que la mienne; Marguerite est
toujours présente à ma pensée, je la
vois errante, malheureuse, maudis-
sant mon existence; son souvenir, sa
beauté, son innocence, mon crime
me poursuivent; avec elle j'ai perdu
ma fille, ce fruit malheureux de ma
coupable passion. Que sont-elles
devenues? en songeant à son père,
peut-être ne la voit-elle qu'avec horreur. J'ai appris que madame de
Saint Alphonse avait perdu une
partie de sa fortune, mais rien n'a
pu me remettre sur leurs traces......
Je n'ose m'arrêter à l'idée qu'elle
est pour jamais perdue pour moi;
peut-être la mort..... non, le ciel ne
serait pas si cruel; j'ai assez expié la
faute de l'amour; je vais retrouver
Marguerite, elle sera à moi; ma
tendresse, mon dévouement la for-

ceront à oublier combien j'ai été
coupable...... Adieu, Louisa ; dans
peu de jours je serai près de toi ;
en attendant, pense à ton frère, et
crois à sa tendre affection.

CH. WESTBURY.

LETTRE XXXI.

Madame de Norville à Sir Charles
Westbury.

Réjouis-toi, mon cher Charles,
ta Marguerite est retrouvée ; elle est
ici, tout près de moi, et je suis si
heureuse de te donner cette bonne
nouvelle, que je fais à l'instant re-
partir ton courrier pour que tu
saches, avant de me voir, qu'enfin

tu peux espérer d'être heureux. Je
pense que William te trouvera en
chemin ; dans tous les cas, hâte-
toi. Cependant, mon frère, je ne
puis te cacher une nouvelle qui
court tout le pays ; on dit que le fils
de M. de Léon est passionnément
amoureux de Marguerite, on va
même jusqu'à assurer qu'elle partage son amour. On parle de mariage, mais je ne puis le croire ; j'ai
souvent vu Marguerite, et elle m'a
paru si triste et si froide, que je
suis persuadée que rien dans le
monde ne pourra toucher son cœur ;
ton rival pourtant n'est point à dé-
daigner ; car il possède au suprême
degré cet air sentimental qui fait
si bien tourner la tête aux femmes
qui ont la prétention d'inspirer de
grandes passions ; je t'avouerai que,

dans les premiers jours de son arrivée au château de Marcel, Anatole
de Léon sembla assez épris des
charmes de ta Louisa ; mais l'air
froid et dédaigneux avec lequel je
reçus ses premières avances, le dé-
concerta sans doute ; car jamais depuis il ne m'a dit un mot qui eût
rapport à un tendre sentiment. Il
devint triste et rêveur. Je partis de
Marcel pour revenir chez moi, il y a
environ un mois ; depuis ce temps,
je n'y ai été qu'une seule fois. Anatole est retourné à Paris avec son
père, et madame de Léon est presque toujours renfermée avec sa
sœur, que l'on dit très-souffrante. Je
crois qu'il se passera quelque chose,
sans pouvoir t'en donner une cause
raisonnable et positive : attendons
tout du temps. Je ne t'ai encore rien

dit de ta fille; elle est charmante,
sa mère paraît l'aimer avec passion;
maintenant je conçois pourquoi je
lui trouvais une ressemblance avec
quelqu'un de ma connaissance, sans
pouvoir dire avec qui; elle a tes
yeux, ton sourire, et le même son
de voix. Qu'il me tarde de te voir!
mon cher frère; oui, il faudra réparer tout le mal que tu as fait;
peut-être devrais-je te gronder; mais
je ne m'en sens pas le courage; tu
as déjà été assez malheureux !.....

LETTRE XXXII.

Anatole à Marguerite.

Vous m'avez banni de votre présence, et vous dites que vous m'ai-

mez! On m'entraîne loin de vous;
croyez-vous que je puisse vous oublier! Ah! Marguerite, ne m'avez-
vous pas dit souvent que vous vou-
driez que je fusse votre frère? je
me contenterais de ce titre, pourvu
que je vous visse chaque jour, à
chaque instant, que je sache que
vous ne pouvez vous occuper que
de moi. Vous dites que vous m'aimez! Ah! je sens au fond de mon
cœur que vous m'abusez, que vous
vous abusez vous-même...... si vous
m'aviez aimé, eussiez-vous ordonné
mon départ? Pourriez-vous supporter mon absence? pourriez-vous
surtout calculer de vaines conve-
nances et de froides considérations?
Non, Marguerite, vous ne m'aimez
pas, vous ne m'avez jamais aimé!
cette idée est désespérante; mais

elle me poursuit sans relâche ; malgré toute la douleur qu'elle me
cause, je ne puis la bannir de mon
cœur. En arrivant à Paris, je me
suis présenté chez madame de Saint
Géran ; j'avais besoin de parler de
vous ; elle avait reçu le matin une
lettre de ma mère. Elle connaît tous
nos malheurs ; mais elle n'approuve
nullement la froide raison qui vous
porte à m'éloigner de vous ; elle
pense comme moi, que vous ne
pouvez me punir des fautes d'un
autre, que vous êtes aussi pure
qu'un ange, et que le monde ne
pourra jamais me blâmer d'avoir
uni mon sort au vôtre. Pouvez-vous
croire que je puisse vous engager à
éloigner votre fille ? n'est-elle pas à
vous, et croyez-vous que tout ce
que vous aimez ne m'est pas aussi

cher qu'à vous-même ? Elle sera à
moi, et n'aurez-vous pas encore plus
de plaisir à l'aimer quand votre Anatole lui servira de père ? Nous ou-
blierons de qui elle tient le jour,
jamais même nous ne le lui appren-
drons. Marguerite, vous ne connaissez pas mon caractère; je sens
que si vous vous obstinez à m'éloigner de vous, je ne supporterai pas
la vie. Je vais attendre votre réponse
avec impatience ; si vous m'ôtez ma
dernière espérance, si vous me ré-
pétez : Anatole, je ne puis être à
vous, je veux que vous m'oubliez ;
alors je pars, j'abandonne la France ;
je serai à jamais perdu pour mon
pays, pour ma famille ; je renonce à
tout, et songez-y bien : ce sera votre
ouvrage.

~~~~~~

LETTRE XXXIII.

Madame de Saint Géran à Marguerite.

Vous ne pouvez douter, ma chère Marguerite, de ma tendre affection pour vous. Ainsi vous devez être certaine que jamais je ne chercherai à vous écarter de vos devoirs, parce que je suis convaincue que de leur exécution dépend votre bonheur ; mais, mon amie, ne vous les exagérez-vous pas ? Devez-vous vous punir des fautes d'un autre, et n'avez-vous pas assez souffert d'un crime que vous n'avez pas partagé, et dont vous n'avez été que la vic-

time ? La douleur d'Anatole m'a
déchiré le cœur ; je tremble qu'il
n'exécute tous les projets qui lui
sont inspirés par le désespoir. Marguerite ou la mort, c'est la seule
chose qu'il réponde à tout ce que
son père et moi pouvons lui dire.

M. de Léon est convaincu comme
moi que vous seule pouvez tout sur
lui, et il m'a dit que s'il l'avait entraîné loin de vous, ce n'était que
pour céder à vos ordres, et parce
que, d'après la manière dont vous
lui aviez parlé, il avait cru que votre
volonté de renoncer à son fils était
inébranlable ; que du reste, une
union entre vous et Anatole était
le seul objet de ses vœux, et qu'il
était persuadé qu'en supposant
même que le monde connût la véritable position où vous vous trou-

vez, il ne pourrait le blâmer d'avoir
consenti à votre mariage ; qu'il ne
voyait d'ailleurs aucune nécessité
de divulguer un secret qui, jusqu'à
présent, n'est connu que de sa famille. Je vous rends exactement la
conversation que j'ai eue avec M. de
Léon, et je vous avoue franchement
que, si vous me demandez mon
avis, je crois que vous pouvez céder
aux vœux de vos amis, et que vous
ne devez pas persister dans une détermination qui rendra malheureux
à jamais tout ce qui vous entoure.
Hélas! en parlant ainsi, et sachant
combien votre âme est sensible,
combien il vous est facile de vous
sacrifier au bonheur des autres, je
tremble que le conseil que je vous
donne ne détruise le vôtre à jamais.
Je sais que vous aimez Anatole ; mais

vous aimez encore plus la vertu , et
votre haine pour le vice est si forte,
que la simple crainte d'être accusée
d'artifice et de séduction vous con-
duira au tombeau.... et je ne suis
pas libre de me rendre près de vous,
il faut que je reste ici.

M. de Saint Géran est absent, et
je ne puis quitter mes enfans ; il
faut que je sois séparée de vous
dans un moment où vous auriez
tant besoin d'être entourée de ceux
qui savent si bien vous apprécier;
il faut enfin que votre meilleure
amie sache combien vous souffrez
s ns pouvoir vous donner les douces
consolations de l'amitié. Je voudrais
que vous pussiez m'écrire, et cependant je crains de vous le demander.
Ne serait-ce pas renouveler vos douleurs, que d'en confier tous les dé-

tails ? Ah! dans ce cas, ma tendre
et malheureuse amie, gardez encore
le silence; votre Octavie vous plaint,
vous admire, et quoique éloignée,
il n'y a pas une minute dans la
journée où elle ne partage vos chagrins, et où elle ne desire qu'il fût
en son pouvoir de les alléger.

LETTRE XXXIV.

Madame de Léon à son mari.

Tous les malheurs de mon infortunée sœur sont comblés, mon
ami; hier matin...... mais il faut que
je reprenne mon récit d'un peu
plus haut.

Depuis votre départ nous vivions

plus retirées que jamais; madame
de Norville seulement était venue
plusieurs fois, et je l'avais reçue
seule; car Marguerite avait à peine
la force de sortir de sa chambre; sa
santé, déjà si faible depuis long-
temps, semblait s'altérer chaque
jour davantage. Avant-hier soir je
reçus un billet de madame de
Norville, qui me priait de vouloir
bien la recevoir le lendemain,
ayant, me disait-elle, à me présenter
son frère, qui avait le plus grand
desir de me voir. Je fis peu d'attention à son message, et je répondis
verbalement que j'aurais grand
plaisir à la recevoir quand cela lui
conviendrait. Hier matin je ne pensais à rien, et nous étions, Marguerite et moi, à travailler dans le
salon, lorsque George annonça ma-

dame de Norville et lord Westbury;
j'ouvrais la bouche pour donner
l'ordre de les prier d'attendre un
moment, afin de donner le temps à
ma sœur de rentrer chez elle, car
je connaissais l'espèce de répu-
gnance que lui inspire madame de
Norville, quand elle se présenta elle-
même; elle était sur les pas du domestique, un homme lui donnait
la main; elle me le présenta comme
son frère; je m'avance pour les recevoir, quand un cri déchirant me
fit revenir sur mes pas, et je reçois
ma pauvre sœur sans connaissance
dans mes bras. En voyant la personne qui accompagnait madame
de Norville se précipiter à genoux
près de Marguerite, et s'accuser de
lui donner la mort, je la reconnus
aussitôt pour l'auteur de tous ses

maux ; mon premier mouvement
fut de le repousser avec horreur :
« sortez d'ici, monsieur, m'écriai-
« je ; qu'y venez-vous chercher ? —
« Il me répondit d'une voix étouf-
« fée : — Je sortirai, sans doute, si
« vous l'ordonnez ; mais ce ne sera
« pas sans elle, elle est à moi. Voici
« ma fille, ajouta-t-il en saisissant
« vivement Charlotte, et en la ser-
« rant dans ses bras avec tendresse,
« et aucune puissance dans le monde
« ne peut plus nous séparer. » Il
restait toujours à genoux près du
canapé où on avait transporté ma
sœur évanouie ; il cachait sa tête
dans les plis de sa robe, et ses larmes coulaient avec abondance. Son
désespoir m'attendrit malgré moi ;
il y a des douleurs que l'on ne peut
jouer, et les grandes passions on

toujours un langage si vrai et si pé-
nétrant, qu'il est impossible de le
feindre; quant à moi, je crois qu'on
ne peut s'y tromper. Je soutenais la
tête de Marguerite; en voyant ses
joues pâles se colorer légèrement,
je tremblai qu'elle ne retombât dans
le même état d'anéantissement, si
elle voyait lord Westbury au moment où elle reprendrait ses sens.
Je le priai donc de s'éloigner un
moment pour me laisser le temps
de la préparer doucement à le recevoir; nous eûmes besoin, madame
de Norville et moi, de le presser
vivement; enfin il céda à nos instances. Peu de temps après, ma sœur
revint à elle; en ouvrant les yeux,
elle les fixa sur moi, et, d'une voix à
peine distincte, elle me dit: « N'est-
« ce point un mauvais songe? Ah!

« ma Cécile, était-ce bien M. d'Alby
« qui était là tout-à-l'heure? » Je la
pressai dans mes bras sans avoir le
courage de lui parler. Sa fille se
jeta à son cou : « Chère maman, ne
« voulez-vous plus me regarder ?
« dit-elle en pleurant. — Oui, je
« suis ta mère, s'écria Marguerite,
« et lui, cet homme qui n'est au
« monde que pour mon malheur
« éternel, est ton père!.... Mais que
« veut-il encore? ne doit-il pas être
« satisfait? N'a-t-il pas causé ma
« ruine? Ne pouvez-vous, dit-elle,
« en regardant autour d'elle d'un
« air égaré, ne pouvez-vous me
« soustraire à son pouvoir? Non,
« tout m'abandonne; Anatole lui-
« même est loin de moi. » Dans ce
moment elle se dégagea de mes
bras et s'élança vers la porte, je la

suivis, en la suppliant de se calmer. Arrivée à l'entrée de son appartement, elle se retourna vers
moi; son air était calme : « Ma sœur,
« me dit-elle, j'ai besoin d'être
« seule; allez vers ce misérable, et
« sachez ce qu'il me veut. » Voyant
que je balançais à la quitter, elle
ajouta, en me prenant la main :
« Ne craignez rien de mon déses-
« poir, depuis long-temps je suis
« préparée à supporter les plus
« grandes douleurs, et si je souffre,
« c'est du chagrin que je vais vous
« causer pour Anatole..... Ma sœur,
« qu'il ne sache rien que par moi. »
Elle se précipita dans sa chambre,
Clotilde la suivit, et je les laissai
seules. Je rejoignis madame de Norville et son frère; elle voulut s'ex-
cuser de tout ce qui venait de se

passer ; mais je l'interrompis bientôt , et m'adressant à lord Westbury, je lui demandai, d'un ton
froid et sévère , ce qu'il venait chercher chez moi : « Ma sœur est sous
« la protection de M. de Léon, lui
« dis-je ; jamais, jusqu'à présent, il
« n'a laissé une offense impunie, et
« ce serait porter atteinte à son
« honneur que de manquer à une
« femme qu'il doit garantir de toute
« insulte. — Je sais, madame, s'é-
« cria-t-il, tout le mépris et toute
« l'horreur que je dois vous ins-
« pirer ; je sais que rien ne peut
« atténuer mes torts ; je ne cher-
« cherai même pas à les rejeter sur
« le violent amour qui seul cepen-
« dant m'a rendu coupable. Si je
« suis dans ce moment devant vous,
« ce n'est que dans l'intention de

« réparer une partie de mes crimes.
« Je suis libre, et je viens solliciter
« la main de votre sœur. Ne m'in-
« terrompez pas , continua-t-il en
« se jetant à mes genoux, ne m'ôtez
« pas le dernier espoir qui me reste,
« en me disant que je dois renoncer
« à Marguerite pour jamais; rien
« ne pourra m'y contraindre. Ah !
« madame , si vous saviez combien
« j'ai souffert depuis six ans ! J'ai
« parcouru pour la retrouver une
« partie de l'Europe, je n'ai pas eu
« une minute de tranquillité , je la
« revois, et ce serait pour la perdre
« encore une fois; non , non , ne
« l'espérez pas.—Levez-vous, mon-
« sieur , dis-je à lord Westbury;
« ma sœur ne dépend que d'elle
« seule, je ne puis rien sur ses vo-
« lontés; elle prendra le parti qu'elle

« jugera le plus convenable dans la
« situation où elle se trouve, et je
« ne chercherai en aucune manière
« à influencer ses sentimens; du
« moment où elle aura fait con-
« naître sa résolution, vous voudrez
« bien vous y soumettre, et nous
« veillerons, M. de Léon et moi, à
« ce qu'elle reçoive sa pleine et en-
« tière exécution. — Ne puis-je donc
« la voir ? — Non, mylord, elle a
« besoin de repos, et votre vue ne
« lui a déjà fait que trop de mal. —
« Cela est vrai, s'écria-t-il avec
« amertume; mais me permettra-
« t-elle de lui écrire ? Daignerez-
« vous l'engager à recevoir ma lettre?
« Ah ! madame, vous dont le cœur
« paraît sensible et bon, prenez pitié
« de mon désespoir. » Pour terminer une scène également pénible

et déchirante pour chacun de nous,
je promis de faire remettre une
lettre de lord Westbury à ma sœur.
Sa sœur et lui me quittèrent. Je
remontai chez Marguerite, et je la
trouvai plus calme ; devant elle
étaient une lettre d'Anatole et une
de madame de Saint Géran ; elle me
les remit. « Tout est terminé, me
« dit-elle ; peut-être aurais-je hé-
« sité , mais le ciel ne l'a pas voulu.
« Cécile... aujourd'hui je n'ai pas la
« force de répondre à ces lettres ;
« mais demain, dans quelques
« jours..... Que je suis faible ?..... et
« en quoi mon sort est-il changé ?
« Ne devais-je pas m'attendre à ce
« qui m'arrive ?..... Mais, ma sœur ;
« que me veut cet homme ? — Il
« vous l'écrira, lui dis-je ? — Lui!
« m'écrire, et pourquoi ?.... Ah !

« oui, il a raison; il me reste en-
« core un sacrifice à faire; je le
« ferai, n'en doutez pas; je le ferai;
« mais le ciel est juste, et le misé-
« rable n'en recueillera pas le fruit.»
Je ne me sentis pas le courage de
l'interroger sur ses projets, et je
restai près d'elle, en prenant la pré-
caution d'éloigner, sous différens
prétextes, sa fille qui n'aurait fait
que renouveler sa douleur. Vers le
soir, un domestique apporta une
lettre de lord Westbury; je la remis à Marguerite; elle la lut, mais
j'en ignore encore le contenu. Toute
la nuit elle a été assez tranquille, à
ce que m'a dit Clotilde; car elle
m'avait contrainte à aller me reposer dans mon appartement; elle
a écrit plusieurs lettres, et je ne
l'ai pas encore vue; on m'a dit

qu'elle dormait. Tel est, mon ami,
le récit des tristes événemens qui
se sont passés depuis hier ; je
m'abstiendrai de vous détailler les
douloureuses impressions qui m'ont
affectée : notre bonheur est détruit
à jamais. Que vont devenir Anatole
et notre malheureuse Marguerite ?
je n'ose soulever le voile funèbre
étendu sur l'avenir. Je crois qu'il
serait essentiel que notre malheureux Anatole ignorât l'arrivée de
lord Westbury, quoique je craigne
qu'on ne puisse pas la lui cacher
long-temps. Voyez ce qu'il y aurait
de mieux à faire ; prenez conseil de
votre raison , sur tout de votre
cœur ; l'un et l'autre vous guideront
bien, je n'en puis douter. Adieu.

~~~~~~~~~~~~~~~~~~~~~~~~~

LETTRE XXXV.

---

*Lord Westbury à Marguerite de
Saint Alphonse.*

J'ai détruit votre repos, votre
bonheur; je n'ose espérer de pardon. Quelque affreux que soit mon
crime, j'ose encore compter sur
la générosité de votre âme. Cependant vous ne connaissez pas
toute l'étendue de ma faute, vous
ignorez que, lorsque j'abusai de
votre faiblesse, j'étais lié à une autre
par des nœuds indissolubles, et que
je ne pouvais vous offrir alors la
seule réparation qui aurait pu atténuer mon crime. Depuis peu de

temps je suis libre, et je viens vous
offrir ma main. Ah! Marguerite,
ne la refusez pas, pour l'intérêt de
votre fille; il faut un sacrifice, et
votre belle âme se fera un devoir de
l'accomplir. J'ai obtenu l'agrément
du Roi de reconnaître mon enfant,
mais seulement à condition de
m'unir à sa mère. Si je vous suis
odieux au point de ne pouvoir supporter ma présence, au moment où
nous serons unis je m'éloignerai de
vous, vous habiterez soit en France
près de votre sœur, soit en Angleterre dans une de mes terres que
vous désignerez; une partie de ma
fortune vous appartiendra en pro-
pre, et rien que votre ordre ne
me ramènera près de vous; vos
moindres desirs seront suivis par
moi avec la plus scrupuleuse exac-

titude. Je sais, hélas! combien je
suis indigne de pardon ; cependant
si vous saviez qu'errant, poursuivi
par mes remords, j'ai parcouru
une partie de l'Europe pour retrouver la femme que j'avais si mortel-
lement offensée, et que je n'ai jamais cessé d'adorer, peut-être votre
cœur se laisserait-il toucher.....Mais
où m'égare une présomptueuse espérance, n'ai-je pas entendu le cri
d'épouvante et d'horreur que vous
a arraché ma présence, n'ai-je pas
vu un voile funèbre s'étendre sur
vous ?..... Ah ! je ne le sens que
trop, vous quitteriez la vie avec
joie, si vous n'aviez que ce seul
moyen de vous dérober à mon
amour. Vous êtes mère cependant,
et vous ne voudrez pas punir votre
innocent enfant des crimes de son

père, croyez bien que s'il m'eût été
permis de le reconnaître sans m'u-
nir à vous, pour ne pas vous contraindre à un sacrifice qui vous
semble si douloureux, je n'aurais
pas balancé ; mais cela est impossible ; je connais Marguerite, je
sais qu'elle ne voudra pas laisser
la marque déshonorante imprimée
sur le front de sa fille , quand il
dépend d'elle de l'effacer. Je parle
contre moi en vous montrant les
funestes suites de mes outrages,
j'éloigne encore plus de votre cœur
l'indulgence dont je ne suis pas
digne, et que j'ose réclamer, aussi
je n'espère rien; que ne puis-je,
femme adorée, expirer de regrets
et d'amour à vos pieds! je ne désire
plus que la mort, puisqu'elle seule
vous affranchira des liens qui, malgré vous, vous attachent à moi,

~~~~~~~~~~~~~~~~~~~~~~~~~~~~~~~~~~~~~

LETTRE XXXVI.

———

Marguerite à lord Westbury.

Il serait indigne de moi de vous
faire des reproches sur le passé ; je
ne puis que vous plaindre ; vous
devez être bien malheureux puisque vous avez à vous reprocher
d'avoir fait le malheur d'un être
faible et innocent, d'un être que
vous auriez dû protéger. Vous ne
pouvez m'en vouloir d'avoir, en
vous voyant, exprimé trop vivement peut être l'horreur que vous
m'inspiriez ; n'êtes vous pas cause
de la mort de ma mère et de ma

ruine irréparable. Que m'offrez-
vous pour compenser tant de torts,
tant de crimes ? votre main. Vous
croyez que lorsque nous serons unis
tout sera expié, et que savez-vous?
peut-être cette union portera mes
malheurs à leur comble....... mais
je dois me taire....... Mylord, j'accepte l'expiation ; je l'accepte aux
mêmes conditions que vous me
l'offrez; je refuse cependant tous
les avantages que vous voulez me
faire, la fortune m'est tout-à-fait
inutile, car après avoir uni mon
sort au votre, après que vous aurez
donné un nom à votre fille . oui, je
veux, je veux me retirer dans une profonde retraite, et j'exige que jamais
votre présence ne vienne la troubler. Vous êtes le père de ma fille,
je dois à ce titre m'unir à vous ;

mais il me serait impossible, sans le plus affreux déchirement de cœur, sans être tourmentée de remords, de passer ma vie auprès du meurtrier de ma mère. Je puis, je dois vous pardonner d'avoir détruit mon bonheur ici bas ; mais je ne puis oublier l'amertume, le désespoir que vous avez répandus sur ses derniers jours. Telle est mon irrévocable résolution ; je n'accepte votre main qu'à ce seul prix, et après que vous vous serez engagé, par un serment, sacré à ne jamais réclamer aucun des droits que notre hymen pourrait vous donner sur moi. Si vous souscrivez aux conditions que je vous impose, un seul mot me suffira ; vous pourrez alors prendre tous les arrangemens que vous croirez nécessaires, et je ne vous verrai que pour vous sui-

vre à l'autel , recevoir vos sermens
et me séparer de vous pour jamais.
Excepté sur un seul point , je connais la sensibilité , la générosité de
votre ame ; je n'ai donc pas besoin
de vous parler de ma fille ; je desire qu'elle reste près de ma sœur ;
cependant vous ordonnerez vous-
même de son sort ; elle dépend de
vous. Mon cœur se déchire en pensant qu'il faut m'en séparer ; elle
ne peut me suivre dans ma retraite ;
car je ne suis pas libre de disposer
de son avenir. Mylord , c'est votre
fille , veillez sur son bonheur ; votre
tendresse pour elle , les soins que
vous prendrez de son enfance vous
feront trouver grace aux yeux de
l'éternel , et expieront les fautes
que vous vous reprochez avec tant
d'amertume.

12.

Adieu ; ne cherchez pas à combattre ma résolution, elle est ferme et irrévocable, et rien ne peut m'y faire renoncer.

LETTRE XXXVII.

Lord Westbury à Marguerite.

Vous serez obéie ; c'est à genoux que je trace ces lignes ; c'est à genoux, prosterné dans la poussière, que j'ai lu votre lettre ; je suis un misérable, indigne de voir la lumière. Tous vos ordres seront suivis ; je ne veux ajouter qu'un seul mot ; je n'ose vous adresser qu'une seule prière ; je suis seul coupable, c'est donc moi seul qui dois être puni ; ne persistez pas à vous éloi-

gner de vos amis, à vous séparer
de votre fille. Qui mieux que vous
pourra lui offrir le modèle de
toutes les vertus ? qui pourra vous
remplacer près d'elle ? Aussitôt que
nous serons unis, je pars pour
l'Angleterre, et rien que vos ordres
ne me ramènera près de vous.

LETTRE XXXVIII.

Madame de Saint Géran à Ma-
dame de Léon.

M. de Léon vient de m'apprendre
à l'instant l'arrivée du persécuteur
de notre malheureuse amie ; rien
ne peut plus me retenir ici, je pars
demain matin, et dans trois jours
je serai près de vous. Cependant,

Madame, je vous en conjure, em-
pêchez Marguerite de prendre une
dernière résolution ; empêchez-la
de se sacrifier pour sa fille ; je la
connais , elle en mourra et votre
fils ne survivrait pas au désespoir
de la perdre. Pendant trois ans que
je l'ai vue tous les jours , j'ai eu le
temps de connaître son ame ; elle
est capable, sans doute, de faire à
ses devoirs les plus grands sacrifices ; mais ses forces ne répon-
dront pas à ses volontés. Cet homme
lui est trop justement odieux , et
elle adore Anatole. Renoncer à
lui est pour elle plus que de renoncer à vivre. Elle se trompe, ou
plutôt elle veut nous tromper en
affectant un calme et une résis-
gnation qui me paraissent impos-
sibles dans sa position. Dans trois

jours..... je tremble en songeant à
l'intervalle qui nous sépare ; je n'ai
que d'effrayants pressentimens....
Pourvu qu'Anatole ignore l'arrivée
de cet homme..... Ah ! mon Dieu ,
permettez que je n'arrive pas trop
tard !

LETTRE XXXIX.

Marguerite à Madame de Saint
Géran.

Votre lettre m'a été remise au
moment où tous mes malheurs ve-
naient d'être comblés. M. d'Alby ,
l'auteur de tous mes maux, l'homme
qui semble né pour causer ma perte
et celle de ceux que j'aime, est ici
et vient réclamer ses droits..... ses

droits! en a-t-il jamais eu sur moi?
Hélas! oui, car il est le père de ma
fille; il veut lui donner un nom,
effacer la tache de sa naissance. Il
parle de bonheur! est-il au pouvoir d'un homme d'en répandre
sur le reste de mon existence, puisque j'ai renoncé à Anatole? Bientôt des nœuds indissolubles vont
donc m'attacher à un autre qu'à
lui, et je croyais que mes malheurs
ne pouvaient augmenter. Si la raison, si l'intérêt de son honneur
me forçaient à l'éloigner de moi,
au moins je pouvais l'aimer sans
crime; je pouvais ne penser qu'à
lui, et prévoir que dans l'avenir,
lorsque le feu de nos passions serait amorti, nous nous reverrions.
Il faut encore renoncer à cet espoir; dans peu d'heures je serai à
un autre; et mon devoir m'ordon-

nera d'oublier Anatole! Avant de donner mon consentement à M. d'Alby
pour cette odieuse union, ou plutôt
à milord Westbury (car j'ignorais
son véritable nom il n'y a que
bien peu de jours), j'ignorais que,
lorsqu'il abusa de ma faiblesse, sa foi
était engagée à une autre! j'ai exigé
de lui qu'il me laissât maîtresse de
me retirer dans une profonde retraite; il consent à tout; c'est le
seul adoucissement à ma douleur!...
Il faut aussi me séparer de ma fille!
Ma sœur veut la garder près d'elle,
je n'ai pas besoin de vous dire combien mon cœur se déchire en songeant à cette séparation; mais en
me sacrifiant, je ne puis l'entraîner
avec moi, et d'ailleurs la douleur
abrégera mes jours, et, je le sens,
il ne m'en reste que bien peu à
passer sur la terre.

Chère amie, je ne réclame plus
qu'un seul service de votre affection. Vous trouverez une lettre in-
cluse dans celle-ci, remettez-la
vous-même à Anatole. Ce sont mes
derniers adieux. Ah! Octavie, adou-
cissez son désespoir; dites-lui que
je l'aimais, que je renonce à lui,
qu'il doit imiter mon courage, et se
soumettre aux décrets de la Pro-
vidence; dites-lui surtout que jamais, jamais rien ne l'effacera de
mon cœur..... Je ne puis continuer.... mon Octavie, je vous le recommande.... Adieu! pensez à votre
infortunée Marguerite qui vous aimera jusqu'au dernier instant de
sa pénible existence.

~~~~~~

LETTRE XL.

Marguerite à Anatole.

Anatole, je compte sur votre courage ; sans cet espoir , je n'oserais vous adresser mes derniers adieux. Je ne pouvais être à vous , vous le saviez déjà ; mais bientôt je vais jurer aux pieds des autels d'être à un autre et de vous oublier. Il le faut pour rendre l'honneur à ma fille ; je ne puis balancer , son intérêt seul peut l'emporter sur vous. En lui donnant le jour , quoique malgré moi , j'ai contracté l'obligation de me sacrifier pour elle. Mon ami , ne m'en

12.*

voulez pas ; si vous m'avez jamais
aimée , et je n'en puis douter,
n'exécutez pas les effrayantes me-
naces qui terminent vos lettres,
épargnez-moi cette dernière douleur, laissez-moi l'espoir qu'un jour
vous retrouverez le bonheur ; car,
dans ce moment, je ne puis l'espérer. Renoncer à vous pour toujours , était déjà un assez grand
sacrifice : il aurait été au-dessus de
mes forces de vivre près de l'être
qui a causé tous nos malheurs par
son odieuse passion. Je m'éloigne
de lui le jour même où nous serons
unis ; je me sépare de ma fille, de
mes amis. Le souvenir du temps
si court que nous avons passé ensemble soutiendra ma triste existence. Non , en pensant à vous, je
ne puis offenser le ciel, notre amour

a toujours été pur, le souvenir ne peut m'en être interdit. Anatole, nous nous retrouverons un jour, voilà ma seule espérance ; la tendresse si vive, si vraie que nous ressentons l'un pour l'autre ne s'éteindra jamais, et elle servira à rapprocher les distances immenses qui vont nous séparer. Adieu, mon bien-aimé frère ; si je croyais que, pour ton bonheur, il fallût que tu m'oubliasses, ce serait ma dernière prière ; mais je connais ton cœur, je le juge d'après le mien, et rien ne pourra m'en effacer. Adieu !

LETTRE XLI.

Madame de Saint Géran à M. de Léon.

Quelle triste tâche m'est imposée aujourd'hui, monsieur, et comment aurai-je la force de la remplir ? Tous mes pressentimens se sont réalisés, et bien plus cruellement encore que je ne pouvais le soupçonner. J'ai besoin de recueillir mon courage pour vous instruire de la perte que nous avons à déplorer, et qui sera à jamais l'objet de mes justes et constans regrets. Vous savez quelle était la situation de mon esprit en partant de Paris ; vous ne pouviez

quitter Anatole pour venir au secours de votre femme et pour protéger votre belle-sœur ; j'ai voulu
vous remplacer : hélas! je suis arrivée trop tard. En arrivant, madame de Léon, que je fis demander,
me dit que, le matin même, Marguerite avait signé l'acte qui l'unis-
sait à lord Westbury, et qui légi-
timait sa fille ; qu'elle avait demandé, pour toute grâce, de voir
le moins possible l'homme à qui elle
sacrifiait tout; que, jusqu'à présent,
lord Westbury s'était strictement
conformé à ses ordres ; qu'il paraissait livré à la plus profonde douleur ; que le lendemain était fixé
pour la cérémonie de l'église, et
qu'elle aurait lieu dans la chapelle
du château. Marguerite était déjà
engagée, et tout ce que j'avais à lui

dire pour la détourner de se sacrifier pour sa fille, était inutile ; je
pressai madame de Léon de m'introduire auprès de ma malheureuse
amie ; elle me demanda seulement
le temps de la prévenir, afin que
ma présence ne la surprît pas trop
vivement ; je restai seule quelques
minutes, et enfin Clotilde vint me
chercher. « Ah ! madame, me dit
« cette bonne fille, madame est
« bien faible, je la crois bien ma-
« lade ; mais elle ne veut voir aucun
« médecin, et elle s'obstine à se
« croire en très-bonne santé. » Je
tâchai de m'armer de courage pour
ne pas l'affecter ; mais, en entrant
dans sa chambre, la voyant pâle
et presque inanimée, un torrent de
larmes s'échappa de mes yeux, et
je la pressai sur mon cœur en san-

glottant. « Mon Octavie a voulu me
« voir encore, me dit cet ange en
« me serrant dans ses bras ; par-
« donnez-moi, mon amie, si j'ai
« pris une dernière résolution sans
« vous en prévenir, ma sœur elle-
« même ne l'a sue qu'au dernier
« moment; j'ai craint des combats
« inutiles. Voilà ce qui m'imposait
« impérieusement ce sacrifice, conti-
« nua-t-elle en me montrant sa fille ;
« ce sera le dernier. Ah! mon Dieu,
« je crois que vous me récompenserez
« bientôt de ce que je souffre ici-
« bas. Parlez-moi d'Anatole, je puis
« vous entendre sans crime; n'est-il
« pas mon frère, et serait-il mal de
« l'aimer? je sens que je ne pourrais
« m'en défendre. » Me voyant dans
la triste nécessité de la tromper, je
lui dis qu'Anatole était résigné, et

qu'à cause d'elle, il nous avait promis d'être calme et de se conformer
à ses volontés. Elle leva les yeux vers
le ciel , et attirant sa fille dans ses
bras, elle la pressa sur son sein avec
un mouvement passionné. Cette
pauvre petite annonce une bien
grande sensibilité , et l'état de sa
mère avait l'air de la toucher profondément. Nous nous approchâmes
du canapé où Marguerite était cou-
chée, et je ne puis, sans sentir mon
cœur se briser, vous rendre tout ce
qu'elle nous dit ; elle nous recommanda sa fille ; car son projet était ,
après la cérémonie, de se rendre
dans le couvent des Carmélites, et
d'y finir ses jours ; elle me fit promettre de l'y accompagner. Après
avoir détaillé à sa sœur les plans
qu'elle avait tracés pour l'éducation

de sa fille, elle lui remit sa cassette
où étaient renfermés ses papiers, la
remercia de ce qu'elle voulait bien
la remplacer près de Charlotte, et
fit promettre à sa fille d'aimer et
de respecter sa tante comme elle-
même ; la chère petite fondait en
larmes, je la remis aux soins de
Clotilde ; car je craignais que la
douleur ne privât sa mère du peu
de forces qui lui restaient. A dix
heures du soir, elle nous pria de
lui laisser prendre un peu de repos.
Je saisis ce moment pour la supplier de voir un médecin. « Demain,
« me dit-elle, je ferai tout ce que
« vous voudrez ; mais la blessure
« est là, dit-elle en montrant son
« cœur, elle est profonde, et, je le
« sens, rien ne pourra la guérir. » Les
brillantes couleurs et le vif éclat de

ses yeux rassuraient madame de
Léon ; c'était, au contraire, ce qui
m'alarmait ; car je jugeais que c'é-
tait l'indice certain de la fièvre qui
la dévorait, et qui seule lui donnait
la force qui nous surprenait tous.
La nuit fut paisible, plusieurs fois
je vins écouter à sa porte, tout était
calme. A neuf heures elle me fit
prier d'entrer chez elle ; je la trouvai
toute habillée ; elle avait une robe
noire, et un long voile de gaze, de la
même couleur, cachait une partie
de son visage ; sa beauté était si
frappante, que je restai immobile ;
elle s'avança vers moi, et me pré-
sentant un paquet de lettres : « Vous
« remettrez ces papiers à Anatole,
« me dit-elle ; vous lui direz que je
« l'aimais uniquement, et que, ne
« pouvant vivre pour lui, malgré

« tous les liens qui devraient encore
« m'attacher au monde, je n'ai pu
« y rester. Octavie, consolez-le,
« parlez-lui quelquefois de moi.....
« Maintenant il faut nous rendre à
« l'église, mon sacrifice est déjà
« consommé.» Je m'approchai pour
la soutenir, mais elle marcha seule
d'un pas ferme. En entrant dans la
chapelle, elle aperçut lord Westbury, et pâlit un peu; mais se
remettant de suite, elle lui dit à voix
basse : «Me voici, mylord, bientôt
« je vais être vous; souvenez-vous
« de vos promesses.» Il ne put que
se baisser sur la main qu'elle lui
tendait; il était plus pâle et paraissait plus faible que Marguerite, et
la profonde douleur qui se peignait
dans ses regards me touchait malgré
moi; il était la cause de tous nos

malheurs, mais il en était bien sé-
vèrement puni.

La cérémonie commença, et Marguerite semblait y prêter la plus
religieuse attention ; seulement je
m'aperçus que peu à peu ses vives
couleurs s'effaçaient , qu'elle chan-
celait ; lorsque le prêtre ferma son
livre , je la reçus dans mes bras.
Lord Westbury voulut la porter
lui-même dans le salon , il la déposa
sur le sopha ; dans le moment, son
valet-de-chambre l'entraîna vers le
jardin. Occupée de mon amie, voulant calmer sa fille qui poussait des
cris déchirans, je fis peu d'attention
à ce qui se passait autour de moi ;
sa sœur était penchée vers elle, et
nous voulions au moins recueillir
son dernier soupir ; car elle nous
paraissait expirante. Elle ouvrit les

yeux; dans ce moment deux coups
de pistolet partirent près de nous;
elle tressaillit, regarda autour d'elle;
et, s'échappant de nos bras, elle
courut avec la rapidité de l'éclair
vers le jardin. A la porte de la terrasse elle vit !!!!, elle vit Anatole,
votre malheureux fils étendu sur le
sable; se précipitant à côté de lui,
elle soulève sa tête, la presse contre
son sein, et désignant lord Westbury, qui restait immobile appuyé
contre un arbre, elle s'écrie : « C'est
« lui qui l'a tué.... mais je ne lui
« survivrai pas. » Elle retombe sur
la terre..... elle n'était plus !......
nous croyions que votre fils avait
aussi cessé de vivre.... On les trans-
porta tous deux dans le salon; tous
les secours pour rappeler Marguerite à la vie furent inutiles, notre

malheur n'était que trop certain;
mais madame de Léon s'aperçut
qu'Anatole existait encore; le médecin qu'on avait envoyé chercher
nous assure même que sa blessure,
quoique profonde, n'est pas mortelle; la perte de son sang l'a seule
empêché de reprendre connaissance. Ah! monsieur, qu'il nous
tarde que vous soyez ici; que lui
dirons-nous quand il va nous demander son amie? Vous seul aurez
assez de force, assez d'empire sur
sa raison pour modérer sa douleur;
pour nous, nous ne pourrions que
pleurer avec lui. J'ai vu hier lord
Westbury, et malgré la juste horreur qu'il m'inspire, les reproches
dont je voulais l'accabler ont expiré
sur mes lèvres. Anatole l'a con-
traint à se battre; il a résisté tant

que l'honneur le lui a permis,
et cependant il voyait devant lui
un rival aimé; ce n'est que le plus
sanglant outrage qui a pu le décider à tirer sur lui; il n'est donc
pas coupable de ce dernier crime.
Malgré mes prières „ Charlotte ne
veut pas le voir : « C'est lui qui a tué
« maman et mon ami Anatole, s'é-
« crie-t-elle à chaque instant; il me
« tuerait aussi. » Ah ! monsieur,
quand on songe aux remords déchirans qui poursuivent sans relâche le malheureux auteur de nos
maux, on ne peut que le plaindre.
Car, comment pourra-t-il jamais
se pardonner d'avoir causé, par son
coupable amour, la mort de l'être
angélique que nous pleurons tous ?

FIN.

www.ingramcontent.com/pod-product-compliance
Lightning Source LLC
Chambersburg PA
CBHW070204030726
47505CB00006B/1573